Friedrich Christian Delius läßt seine neue Erzählung um den 5. Februar 1966 spielen, den Tag der ersten Demonstration gegen den Vietnamkrieg in Berlin, des ersten Sit-ins vor dem Amerikahaus, bei dem die ersten vier Eier flogen – kurz: zur Zeit der eher harmlosen Anfänge der Studentenbewegung.
Martin, der Schweiger, den seine Freunde ‹Buster› nennen, ist hin und her gerissen zwischen Angst und Auflehnung, zwischen der Scham, etwas Verbotenes zu tun, und der aufkeimenden Verachtung für die, die satt und zufrieden aus dem Café Kranzler glotzen – wie er hin und her gerissen ist zwischen Ellen und Franziska, den beiden Freundinnen, in die er hoffnungslos verliebt ist. Ein Mann zwischen zwei Frauen, nackt, auf den Zehenspitzen tanzend, wie ihn E. L. Kirchner in seinem (titelanregenden) «Tanz zwischen den Frauen» gemalt hat.
Das Großvater-Denken und die Gebote des Vaters im Kopf, das Wirken der protestantischen Erziehung (Thema von «Der Sonntag, an dem ich Weltmeister wurde»), die weiter wuchernde Sprechkrankheit, Scham, Schüchternheit, Stottern einerseits, und die ersten Ansätze eines rebellischen Verhaltens, die Befreiung durchs Schreiben, die neue Gefühlskultur, die die gerade populär werdenden «Rolling Stones» und «Beatles» auslösen – das sind die Pole, zwischen denen die Figur ihre Position zu bestimmen sucht.
«Amerikahaus» ist eine Geschichte aus der kulturellen und politischen Umbruch- und Aufbruchphase einer Zeit (vor 1968) und einer Person. Mit ihr schreibt Delius das Erzählprojekt fort, das er mit «Der Sonntag, an dem ich Weltmeister wurde» begonnen hat.

Friedrich Christian Delius

Amerikahaus und der Tanz um die Frauen

Erzählung

Rowohlt

1.–10. Tausend September 1997
11.–18. Tausend Oktober 1997

Umschlaggestaltung Walter Hellmann
Satz aus der Berling (Linotronic 500)
Gesamtherstellung Clausen & Bosse, Leck
Printed in Germany
ISBN 3 498 01313 0

Die wahren Dinge, die ich von mir erzähle,
kommen mir am ehesten wie Lügen vor.»

Elias Canetti

1 Ein Foto vom Mond auf der ersten Seite der Zeitung, die Sensation: *Luna 9 weich auf dem Mond gelandet,* die ersten gestochen scharfen Aufnahmen direkt von der Oberfläche dank der zuverlässigen Funkbrücke zwischen Mond und Erde. Moskau hielt die Bilder noch zurück, aber englische Wissenschaftler hatten sie aufgefangen, entschlüsselt und veröffentlicht, Gesteinsbrocken, faustgroße Steine aus nächster Nähe. Die Bremsung einer Sonde zum ersten Mal perfekt gelungen, Beifall der Experten: *die Geschwindigkeit von 9600 auf weniger als 24 Kilometer in der Stunde gedrosselt, Grobbremsung, Feinbremsung,* die hochkomplizierte Feinbremsung hat zum ersten Mal funktioniert! Nun die Frage der Experten und Laien: wie weiter mit der Eroberung des Erdtrabanten? Der sowjetische Kosmonaut Titow: «Erst Tiere, dann Menschen» werden da oben landen, Weltraumhunde wie einst Leika, Bjelka und Strelka.

Martin gefiel das, Hunde, möglichst viele Hunde auf den Mond!

Neue Bombenangriffe auf Nordvietnam, Fluchthelfer-Prozeß in Ost-Berlin, Grüne Woche. Jeden Tag Vietnam, Zahlen, Orte, Tote, man mußte schnell darüber hinweglesen. Endlich brachten sie den Nachruf auf Buster Keaton, der am 1. Februar gestorben war. Als er das Kaffeewasser aufsetzte, murmelte Martin: Goodbye, Buster! Und hörte wieder den Chor der Freunde: «Nennen wir ihn Buster!»

«Buster!» hatte der Maler Sauerbaum gestern abend gerufen, nachdem Martin wieder einmal zwei, drei Stunden lang fast nichts gesagt hatte. In der Wohnung des Wiener Dichters in der Kleiststraße, vor zehn, zwölf Leuten hatte Ernst eine Geschichte vorgelesen, eine Parodie der Trivialliteratur, auch Martin lachte mit, aber nicht so frei wie die anderen, gebremst und skeptisch, weil er den Gedanken nicht los wurde: Wie schön und doch widerstandslos das alles. Sagen konnte er das nicht, lieber fand er sich unwohl in der Rolle des Schweigers zurecht und hörte zu, wie die anderen erregt debattierten, erzählten, scherzten. Sie waren geschickter im Schreiben, freier im Reden, und am meisten beneidete er sie um ihr Glück bei den Frauen. Er trank wenig, fiel allein durch den Mangel an auffälligen Eigenschaften auf, fühlte sich manchmal verdächtigt wie ein Spion, eingesetzt gegen die Freunde, und dachte wie immer in solcher Lage: Wenn ich schon der Einsame und Stumme bin, dann will ich den Einsamen und Stummen spielen und aus meiner Schwäche eine Rolle machen und auch dann nichts sagen, wenn mir einmal etwas zu sagen einfällt. Verfangen im Nachdenken darüber, wurde er von der kräftigen, jede Silbe artikulierenden Wiener Stimme aufgeschreckt: «Was ist los mit dir, warum sagst nichts die ganze Zeit?» Ehe er eine Antwort stottern konnte, rettete ihn der Freund Ernst:

«Laß nur, für Martin leg ich meine Hand ins Feuer!» Dann aus dem Hintergrund der Ruf des Malers, den die andern aufgegriffen und mit erhobenen Bierflaschen gefeiert hatten: «Buster, nennen wir ihn Buster!»

Der Kopf schmerzte noch, Martin warf Eierkohlen auf die Glut im Kachelofen, schippte die Asche weg, ließ es kräftig durchziehen, rührte den Kaffee um und legte sich wieder ins Bett. «Buster ist tot! Es lebe Buster!» hatten sie gerufen, die überraschende Taufe hatte ihn, für eine Nachtstunde wenigstens, erlöst wie von einem Fluch.

Vor den anderen Meldungen las er den Nachruf, ohne Rührung. Warum werden Komiker angeblich erst im Alter zu tragischen Figuren, sind sie es nicht schon viel früher?

In der kalten Küche wusch er sich mit kaltem Waschlappen Traumreste aus dem Gesicht. Er streckte dem Spiegelbild die Zunge heraus. Ja, das starre Gesicht war schuld, die Blässe, der unentschieden irrende Blick, der kantige Hals, der Adamsapfel, die zu große Nase, irgendwo mußte der Fehler liegen, das böse Mal, das die Frauen abstieß. Wenn er wenigstens wüßte, ob er an einem sichtbaren Aussatz litt oder an einem unsichtbaren. Vielleicht waren es die Augen, die träumerische Trauer, die in den Augen schimmerte, der nach innen gerichtete, abwesende Blick. Nichts ließ sich dagegen tun, auch der kalte Waschlappen machte die Augen nicht frischer.

Als müsse er beweisen, daß der Makel des Gesichts der

größte sei, legte er die Stirn in Furchen, verzerrte den Mund, zog mit beiden Händen an den Haaren und musterte die Fratze. So hatte er sich und die Pickel während der Pubertät oft angestarrt, die Pubertät war vorbei, selten wuchsen Pickel nach, die Pubertät war nicht vorbei, jeden Tag spürte er den Vorwurf des Kopfs gegen den Körper: du bist zu häßlich, deshalb verliebt sich keine in dich. Der Körper hielt dem Kopf entgegen: du bist zu schüchtern, deshalb verliebt sich keine in dich. Kopf und Körper stritten um die Schuld, beiden mußte er recht geben.

Auch Buster hat ein starres Gesicht, auch Buster ist schüchtern, er steckt seine Niederlagen regungslos weg. Wieder und wieder neue Anläufe, unermüdlich bis zum Happy-End. Die Frauen liebten Buster, sie liebten Martin nicht. Keine Niederlage ist endgültig. Buster, der sein Ziel fixiert, niemals aufsteckt und in dem Moment die Schlacht gewinnt, wenn er die Flinte ins Korn wirft. Große Hindernisse überwindet er spielend, so stand es im Nachruf, aber bei den einfachsten Dingen geht alles schief.

Buster, zuviel der Ehre. Er hockte in einer Wohnung von zwanzig Quadratmetern an einem kleinen runden Tisch vor dem ungemachten Bett, trank Nescafé, aß die Morgenbrote, mußte für Klausuren pauken, ein Referat fertigstellen und ungeliebt die trüben Februartage überstehen. Ein Fenster zum Hinterhof, ohne künstliches Licht war beim Frühstück die Zeitung nicht zu lesen. Zwei Drucke von Klee an der Wand, *Diana im*

Herbstwind und *Springer*. Ein paar Möbel vom Trödler, neben dem Regal gestapelte Apfelsinenkisten für Bücher. Auf dem Schreibtisch Hefter mit Manuskripten. Pläne, Luftschlösser, abgebrochene Sätze auf DIN-A 4-Blättern.

Jeden Tag wurde ein Bogen in die Reiseschreibmaschine gespannt, mindestens ein, zwei Seiten Vorlesungsnotizen, Referate, Gedichtzeilen, Briefe. Alle Energie richtete Martin, weil er vergessen wollte, daß er stumm war, auf die Sprache. An gedruckten Wörtern berauschte er sich ebenso wie an selber geschriebenen, er zerlegte und analysierte, was ihm den Rausch verschaffte, und flog von einem Buch zum andern, süchtig nach Phantasie und Witz, nach klaren, wilden Sätzen – bis ihn keine Streifentapete und kein Lärm vor dem Fenster mehr störten. Aus vielen hundert Seiten, die er in der Woche las, sammelte er Gefühle, staute sie in sich auf, lagerte sie ein, nährte seine unentdeckte Seele damit und staunte, wie wenig sie in sein Leben paßten.

Er legte drei Briketts nach, die aufgepreßten Buchstaben UNION weckten nicht zum ersten Mal den Gedanken: Ich verheize die CDU, ich wärme mich an der Christlich Demokratischen Union. Die Briketts kamen aus der DDR, die von der CDU Zone genannt wurde. Die Briketts rollten in Güterwagen durch die Mauer und wärmten die Westberliner. Die Briketts erinnerten jeden Morgen an deutsche Einheit und Einigkeit. Und jeden Abend, wenn er sie auf die Glut legte, eingewickelt in Zeitungspapier voll Haß auf die Zone, die die Kohle lieferte. Genaugenommen fand die Einheit

nur noch im Kachelofen statt, sogar unter dem richtigen lateinischen Namen. Die Deutschen und ihre Öfen. Fing man einmal an, über die alltäglichen Dinge in Berlin nachzugrübeln, geriet man sofort in einen Strudel politischer Absurditäten. Er schloß die Ofenklappe.
An diesem Freitag waren die Pflichten in der Uni zu erledigen, zwei Stunden mit dem lästigen Mittelhochdeutsch, das Teufelszeug der Ablautreihen, Dental-Suffixe und Primärberührungseffekte.
Beim Abwaschen Blicke auf die beiden Zeitungsseiten, die mit Tesafilm an die Wand schräg über dem Spülbekken geklebt waren.

NEUSS DEUTSCHLAND ORGAN DES ZENTRALKOMITEES DER SATIRISCHEN EINHEITSPARTEI DEUTSCHLANDS TAGESZEITUNGSLESER! BELOGENE! Unter dem verbrauchten Gebimmel der Berliner Freiheitsglocke herden sich die Westberliner Tageszeitungen zu einem zynischen Anzeigenvormarsch. Sie organisieren ein METAPHYSISCHES WEIHNACHTSGEDENKEN für die Hinterbliebenen der amerikanischen Toten des amerikanischen Krieges in Vietnam. Wir organisieren ein HUMANISTISCHES WEIHNACHTSGEDENKEN für die Arbeiter der Porzellan-Manufaktur, die aus Geldspenden der Westberliner Bevölkerung Porzellanbimmeln für trauernde Amerikaner anfertigen sollen. NEUSS DEUTSCHLAND ergänzt den Aufruf der Westberliner Tageszeitungen: Wir bitten um Spenden für die Hinterbliebenen der amerikanischen Soldaten, die im Kampf gegen Hitler-Deutschland gefal-

len sind. In Europa wurden amerikanische Soldaten im Feldzug gegen Hitler getötet. In Vietnam kämpfen amerikanische Soldaten mit dem südvietnamesischen General Ky. Sein größtes Vorbild: Adolf Hitler.

AUFRUF. *Wir bitten um Unterstützung der amerikanischen Politik für Hitler in Vietnam. Und für was in Europa? Wir bitten um klare Bezeichnung der amerikanischen Propagandakompanien in Westberlin (Westberliner Tageszeitungen): Spandauer Volksblatt – Der Tagesspiegel – Der Kurier – Telegraf – BZ – Morgenpost –, kurz, acht Berliner Tageszeitungen bitten um Vertrieb in Saigon und Umgebung. Wir bitten um Gasmasken und Luftschutzkeller für die Redaktionsstäbe der Westberliner Tageszeitungen. Wie leicht fällt aus Versehen so eine Napalmbombe der Amerikaner auf das Ullsteinhaus. Wenn Ihr die Ausdehnung des Krieges auf Mitteleuropa und Berlin wünscht, unterstützt die Westberliner Tageszeitungen! Spendet auf ihr Konto! Berliner Weihnachts-Damoklesschwert* 1965. *Spendet für Johnsons Gallensteine! Amerikas Führung treibt Anti-Kennedy-Politik in Vietnam. Einzahlungen auch an das ehemalige Mitglied eines amerikanischen Geheimdienstes, «Inspektor» Sikorski («Täglich müssen amerikanische Soldaten sterben. Und wir?») von der BZ, Axel-Springer-Haus. Heute für die amerikanische Vietnam-Politik Geld spenden heißt sparen für das eigene Massengrab. Eure Rührung ist mörderisch – Das Wasser in Euren Augen ist gut für die ewigen Blindenverführer – Lasset die Toten die Toten begraben – Ergründet wie die Lebenden Lebende bleiben. Die Redaktion* NEUSS DEUTSCHLAND, *Abteilung Begräbnishilfe.*

Martin verließ die Wohnung, die im ersten Stock eines angeschossenen Seitenflügels lag, von dem drei Etagen übrig geblieben waren. Es gab nur ein Hinterhaus mit anderthalb Seitenflügeln, eine Kastanie und viel Grün dazwischen. Brüchige Mauern und Trümmerreste zu ebener Erde ließen ahnen, wo einst das Vorderhaus gestanden hatte. Unsichtbar hing das Haus in der Luft und erinnerte daran, daß irgendwann einmal, vor rund zwanzig Jahren, der Himmel über Berlin die Hölle gewesen war. Nun wollte sich eine Bausparkasse breitmachen. Martin würde nicht mehr lange hier wohnen können, es war ihm gleichgültig, so wie ihm das wuchernde Gestrüpp gleichgültig war und der Stacheldraht, den der Hausmeister vor die offenen Kellereingänge des verschwundenen Hauses neben die Schilder *Betreten verboten! Eltern haften für ihre Kinder!* gespannt hatte.
Der Februar in Berlin war wie der November. Ein niedrig hängender grauer Himmel, aus dem es heute wieder nicht regnete und nicht schneite. Eine schäbige Decke, über die Dächer gespannt, als habe eine höhere Macht der Stadt blauen Himmel, Helligkeit und Leichtigkeit verboten.

Bundesallee, früher Kaiserallee, Reichshauptstadt, Frontstadt, die geteilte, die geheilte, unheilbare Stadt, wo bist du, wenn du in Berlin bist? Eine Stadt, die sich dreht und dreht, die Achse der Drehscheibe ist der zertrümmerte und in Trümmern befestigte Turm der Gedächtniskirche, ein hohler, angebissener Schokoladenweihnachtsmann mit einer Uhr als Gesicht, Kaiser Wilhelm liegt so tief im Trümmergrab der Geschichte, daß niemand weiß, ob des ersten oder des zweiten Wilhelm gedacht werden soll, ob der steinerne Weihnachtsmann das Gedächtnis an Wilhelms oder an Hitlers Trümmer, an Hitlertäter oder Hitleropfer wekken soll, Opfer gibt es genug, aus allen Zeiten und überall in der Stadt, Berliner sind immer Opfer der Geschichte oder wenigstens Helden und drehen sich mit, rund um die Gedächtniskirche, erniedrigt von den Bombennächten, erhoben von der Blockade der Russen und nun von der rohen Mauer rund um die Stadt wieder einmal zu Opfern und Helden befördert, und ist ihr Berlin aufgestiegen in den Schwindel eines Wallfahrtsorts der Weltpolitik, Opfer sind Grundbesitzer, die ihre plötzlich eingemauerten Immobilien verkauft haben und vor Ulbricht und den Russen nach Westen ausgerückt sind, Opfer sind die Leute, die nur an Schultheiß und Hertha BSC und Willy Brandt glauben können, also Geld her und junge Menschen, angeworben mit *Berlinzulage,* also fliehen Studenten aus Westen heran auf der Suche nach Freiheit und Freiheit vom Militärdienst, das Schaufenster des Freien Westens wird geputzt und geschmückt, es wird investiert in Freiheit und Glanz und Gloriakino, Filme, Cafés, U-Bahnen drehen sich um den Gedächtnisturm, eine neue Kirche ist neben die alte gestellt und dreht sich mit modernen Ecken und Kanten und einem süffigen Blau, ein Hochhaus mit fünfundzwanzig Stockwerken wächst an der Stelle des alten Romanischen Cafés, man darf auch im Neubau wieder romanisch Kaffee trinken, es werden Dichter für runde Tische gesucht, der Kurfürstendamm soll wenigstens eine Reise wert sein, und zwischen den Zoo-Tieren schmettert das Rias-Tanzorchester die Pfingstmusik *Das ist die Berliner Luftluftluft* in Rentnerohren, und während aus dem Erdreich immer noch Bomben des letzten Weltkriegs geborgen und entschärft werden, knallen vom Himmel hoch die donnernden Drohungen sowjetischer Düsenjäger, und die Schreie der Sterbenden an der Mauer gellen, verstärkt durch die schreienden Zeitungen, bis in die letzten Winkel der Stadt, und im Radio die Dauergefechte der Stimmen in mindestens vier Sprachen, jeder Sprecher gegen jeden, Ost gegen West, Deutsch gegen Alliierte, Tag gegen Nacht, alle halbe Stunde oder Stunde bellen sie gegeneinander, kläffen und jaulen, bis die Musik mit ein paar Takten Brahms oder Beethoven über alle Mauern hinweg einheitlich erhabene Gefühle stiftet gegen den Radau der Rechthaber, und aus dem Schöneberger Rathaus spricht die entschlossene Stimme Willy Brandts den Segen über alle, die *diesseits und jenseits von Mauer und Stacheldraht*, spricht den Segen auch über dich, der sich mitdreht und seinen eigenen Rhythmus, seine eigenen Bewegungen sucht und nicht findet und findet und auch im zweiten, im dritten Berliner Jahr an der Bushaltestelle, Baustelle, Nahtstelle Bundesallee noch fragt: Wo bin ich?

2 Jeden Tag wartete Martin auf ein Wunder. Das Wunder kam nicht, von allein kam es nicht. Langbeinig mußte das Wunder sein, schön, nicht dumm, einen Rock tragen und einen Stummen verstehen. Es gab solche Mädchen auch in Berlin, aber wo sie finden, wie sie gewinnen, jeden Tag kreuzten die gleichen Fragen durch die Gedanken. Der einzige Trost blieben Franziska und Ellen, die ihn beide abwechselnd anzogen und wegstießen und ermunterten, seine Werbungen fortzusetzen.

Er klingelte an der Haustür bei Franziska, er war mit ihr verabredet, doch das bedeutete nicht viel. Sie haßte Uhren und Termine, sie hielt ihn oft bis zum letzten Moment im unklaren, ob ihre Gefühle oder Pläne noch zu dem paßten, was einige Stunden oder Tage vorher abgemacht war.

Sie öffnete nicht, er klingelte noch einmal. Jedes Treffen mit ihr war Glücksache, und wenn es gelang, wußte er vorher nicht, wie lange er in ihrer Nähe bleiben durfte. Manchmal erschien sie nur auf einen Wink und entschädigte ihn mit einem entschuldigenden Lächeln. Es ärgerte ihn, wie schnell sie ihn wieder versöhnlich stimmte, und es freute ihn, daß sie jede Enttäuschung mit der Aussicht auf künftige, bessere Momente zu heilen verstand. Nach und nach hatte er

begriffen, daß die fröhliche Unberechenbarkeit zu ihren Reizen gehörte, besonders für einen, dem der Großvaterspruch *Fünf Minuten vor der Zeit ist des Preußen Pünktlichkeit* in den Kopf gemeißelt war.
Im Haustürschloß schnarrte es, er lief drei Stockwerke hinauf, der rote Läufer versprach Glück für den Abend. Die Wohnungstür weit geöffnet, Franziska stand davor, er sah zuerst ihre Beine, den engen schwarzen Rock. Er trat ein, er war willkommen, sie reichten sich die Hände wie Geschwister. Das Gesicht offen, die dunkelgrüne Bluse bis auf den obersten Knopf geschlossen.
Seine Begrüßung hätte stürmischer sein können, aber er wollte nicht wieder von der Erfahrung gekränkt werden, daß die Freundin die Schultern hochzog und in Abwehrstellung ging. Also hielt er Abstand. Er blieb scheu, in jungenhafter Ehrfurcht vor ihrer Schönheit und dem langen blonden Haar, das ihr weit über die Schulter wuchs. Sie band es nicht zusammen, steckte es selten hoch, trug es offen wie einen breit ausgelegten Schmuck um Kopf und Oberkörper, fast wie ein Schutzschild gegen unerwünschte Annäherungen. Mit dem Haar bannte sie die Männer und entrückte sich selbst wie in eine Ikone. Fall auf die Knie!, bete sie an! Nein, lieber erstarrte er in der Furcht, mit einem heftigen Gefühl, mit falscher Zudringlichkeit das Bild Franziska zu zerstören. Seine Taktik hieß: auf den richtigen Augenblick warten, aufmerksam sein, irgendwann kommt sie dir entgegen.
Sie zog sich zur Kosmetik ins Bad zurück und begann,

als habe sie seit Stunden auf einen Gesprächspartner gewartet, hinter der angelehnten Tür zu erzählen. Von einem Zirkus, einer Trapezkünstlerin sprach sie, die zu ihr in die Buchhandlung gekommen sei und sich für ungarische Literatur interessiert habe, 56 aus Ungarn geflohen, «was für eine tolle, tiefe Stimme und so ein sanfter, habsburgischer Akzent!», morgen werde sie die Artistin im Zirkus sehen. «Wieder eine Schwester für dich», sagte Martin, als sie mit der Puderdose aus dem Bad kam.

Selbst in ihrer Wohnung war sie ständig auf dem Sprung, mit ihr gab es keine ruhige Minute. Er beobachtete ihre geschmeidigen, fahrigen Bewegungen. Sie trat näher, um ihre Geschichte weiterzuerzählen. Ihre Sätze untermalte sie mit weiträumigen Gesten, hüpfte mit tänzelnder Ironie zum nächsten Erlebnis, verschwand wieder im Bad, berichtete von ihrem letzten Tennisspiel gegen einen Mann von der Commerzbank, während sie mit dem Lidstift in der Hand schon wieder in der Wohnung auf und ab lief, sich auf die Zehen stellte und dann in flachen Schuhen ihren Panthergang fortsetzte. Man hätte sie für nervös oder hektisch halten können, wenn sie nicht zugleich den Eindruck großer Beherrschtheit und Souveränität gemacht hätte. Sie arbeitete in der besten Buchhandlung am Kurfürstendamm und war berühmt für die mit schwarzer Tinte geschriebenen Bemerkungen zu den ausgeschnittenen Rezensionen der neusten Bücher in den Schaufenstern.

Martin liebte sie auch der Bücher wegen, sie hatte viel

mehr gelesen, obwohl sie nur ein Jahr älter war, dreiundzwanzig. So oft wie möglich besuchte er sie in ihrem Büchertempel und ließ sich von ihrer Begeisterung anstecken. Noch mehr war er in ihre sorglose Spontaneität verliebt, mit der sie alles zu meistern schien, ihre Leichtigkeit im Wahrnehmen, Denken, Sortieren. Eine Beweglichkeit, die sich wie von selbst auf ihren Körper übertrug bis in ihre fliegenden Hände, wenn sie beim Reden die langen Finger rundete und öffnete, als hätte sie größere Bälle zu jonglieren, dann das Haar mit einer energischen Kopfbewegung zurückwarf, mit den Fingern, die gleichzeitig die Balance ihrer Rede hielten, einmal rasch die Strähnen ordnete, sich zurücklehnte und wieder zu neuen Gesten und Kunststücken im Rhythmus ihrer Sätze ausholte.

Franziska schlug vor, zum italienischen Restaurant *Fontana di Trevi* zu fahren. Als er neben ihr saß und sie den alten Mercedes lässig über die Bundesallee steuerte, mit einer Hand, die andere brauchte sie außer zum Schalten zur Betonung ihrer Worte, war er zufrieden, er hatte die erste Runde gewonnen. Er wünschte von diesen Händen, den lebendigsten Händen, die er kannte, gestreichelt zu werden, er wollte diesen beredten, lebendigen Mund noch heute küssen. Bis zu den streng verborgenen Brüsten wagte er nicht zu denken. Es schien ihm eine Auszeichnung, vielleicht ein Liebesbeweis zu sein, daß sie ihn einen ganzen Abend in ihrer Nähe wünschte, verschmitzt von der Seite musterte und seine Scherze mit freundlich meckerndem Lachen quittierte.

Er wurde kutschiert, die Strecke war ihm auch in der

Dunkelheit vertraut, Baustellen und Umleitungen um die Schächte für die neue U-Bahn verlängerten das Vergnügen der Fahrt. Er saß bequem, er schaute sie an, er war glücklich. Die Knie, unter der Nylonhaut der Strümpfe sah er die Knie, die sich beim Bremsen, Kuppeln, Schalten, Gasgeben bewegten, die Kniescheiben, die sich frech und zart gegen den Nylonstoff hoben. In den Knien vibrierte der weibliche Körper, da waren Scheitelpunkte, da ging es aufwärts zum Oberschenkel, da ging es abwärts. Die Hand zielte zum Knie, die Hand fehlte auf dem Knie, er wagte es nicht. Ich liebe dich! darf ich ihr nicht sagen, dachte er, aber wenn ich sage: Ich liebe deine Knie!, was sagt sie dann? Er wagte nichts.

Die Phantasie blühte umso mehr. Er sah sich immer weiter mit ihr fahren, im Auto zu zweit, im Auto konnte sie ihm nicht entfliehen. Sie fuhr gern, sie fuhr schnell, immer so weiter könnten sie fahren, aus Berlin hinaus mit den grünen Reisepässen zum Grenzübergang Drewitz, eine Stunde warten für zwei Stempel und den Kontrollblick aufs Ohr, und dann hinunter nach Süden bis Töpen-Juchhöh, weiter die Autobahn nach Süden, über die Alpen.

«Fahr einfach weiter, Hohenzollerndamm links ab und dann immer geradeaus nach Süden, nach Rom, Fontana di Trevi, übermorgen sind wir da!»

«Machen wir, Martin, irgendwann, aber lieber im Frühling!» sagte sie, bremste und parkte den Wagen ein.

Das Restaurant halb voll, sie fanden einen Ecktisch. *Fontana di Trevi* hatte Franziska entdeckt oder ihr Freund Lazlo. Sie kannte den Chef, der in der Küche stand, und wurde vom Kellner unterwürfig begrüßt.
Das war etwas Neues, Italiener in der Stadt. Vor zwei, drei Jahren waren die ersten Pizzastücke in Berlin aufgetaucht, auf großen Blechen am oberen Kurfürstendamm und dann in der Uhlandstraße. Nun wagte es da und dort ein Italiener, ein Ristorante zu eröffnen und den Berlinern Nudelspeisen und italienisch zubereitetes Fleisch vorzusetzen. Deutsche Küche beherrschte die Stadt, außer einigen *Balkan Grills*, drei China-Restaurants und verschlafenen Orten wie der *Paris Bar* oder *Wiener Stüberl* gab es wenig Abwechslung.
Nach dem Rat der Freundin entschied Martin sich für Kalbschnitzel mit Salbei. Ein erhabenes Gefühl, beim Bestellen den verführerischen Namen *Saltimbocca* auf der Zunge zu probieren. Das Italienische sprach sich viel leichter, das deutsche Wort mit dem K war ein gefährliches Stolperwort.
Franziska wählte Muschelpizza und machte ironische Bemerkungen über die Dekoration mit leeren Chiantiflaschen und Bildern vom Trevi-Brunnen. Sie mokierte sich nicht, sie spielte mit dem, was sie sah. Vor den bunten Plakaten glitten ihm nur platte Gedanken an Wärme, Süden, Urlaub durch den Kopf, an Rom und ein unerreichbar *Süßes Leben*, das Fellini mit einer blonden, trunkenen, zärtlichen, geilen Göttin im Wasser des Brunnens zu einem Traumbild verdichtet hatte. Franziska war weniger blond, weniger groß,

nicht betrunken und versteckte kleinere Brüste als Anita Ekberg. Das *Süße Leben*, eine unbegreifliche, ferne Verlockung, mehr Leidenschaft als Liebe, mehr Sünde als Süße, die Frauen wild, unberechenbar und hysterisch, alles fremd und von magischem Sog wie Rom. Er mußte sich verbieten, so weit zu denken.

Der Ober brachte den Wein, Franziska fragte nach den neuen Bildern, die zwischen den Rom-Plakaten an den Wänden hingen, Collagen aus Illustrierten und alten Büchern, und der Ober strahlte, weil er sie gefertigt hatte. Während er weiter bediente und zwischendurch wieder an ihren Tisch kam, erzählte er, zum Künstler habe es nicht gereicht, aber er brauche das, er sei Spanier, wegen Franco ausgerissen, er lese viel, Sartre, Camus, Surrealisten, Alberti, «Kennen Sie Alberti?» Er brauche die Collagen, um sich auszudrücken, die Zerrissenheit zwischen Spanien und Deutschland, Pizza und Kunst, Surrealismus und Frauen. Dabei lachte er, Franziska lachte mit. Er sprach fast nur auf sie ein, stellte sich als Alberto vor, ein schöner Mann. Martin begann eifersüchtig zu werden und lobte die Collagen.

Er hatte die ganze Zeit vom gestrigen Abend und von der Buster-Taufe erzählen wollen, und es störte ihn, daß Franziska diesem Alberto mit immer neuen Fragen schmeichelte. Warum fragst du mich nicht nach meinen Geschichten? Was willst du von mir? Warum gibst du dich überhaupt mit mir ab? Warum duldest du mich heute und dann wieder viele Tage nicht? Was denkst du über mich? Was denkst du überhaupt?

Bei all diesen Fragen vergaß Martin, daß er stumm war.
Es gab oft solche Augenblicke, in denen er nahe daran war zu glauben, seine Gedanken könnten auch ohne Sprache in das Hirn eines andern Menschen springen. Der Wunsch nach Erlösung aus der Rolle des Schüchternen, Stammlers, Schweigers. Er schämte sich seiner Sprache. Als hoffnungsloser Stotterer seit der Kindheit hatte er sich einige Techniken angeeignet, leichtere Sprachhindernisse mit geschickter Betonung zu überspielen. Doch das Sprechen blieb Schwerarbeit.
Jedes Wort mußte, bevor es über die Lippen kam, auf seine Sprechbarkeit hin überprüft werden. In Hundertstel oder Zehntel Sekunden hatte das Hirn zu entscheiden, ob das Wort, das sich dem Sprachzentrum aufdrängte und nach dessen Sinn der gerade entstehende Satz oder Gedanke verlangte, mit einem Verschlußlaut wie B, C, D, G, K, P, Q, T oder Z begann und ob das Wagnis trotz des zu erwartenden Hindernisses eingegangen, mit vielleicht glückender, vielleicht mißglückender Verschiebung der Betonung überspielt oder schnell ein Ersatzwort gesucht werden sollte, das mit einem Vokal oder mit sprechfreundlichen Nasalen oder Reibelauten anfing.
Als er endlich vom Buster-Abend berichten konnte, war er mehr mit dem Verleugnen seiner offensichtlichen Sprechkrankheit beschäftigt als mit dem Erlebnis selbst. Bis jetzt hatte er Franziska nur einzelne Sätze oder Bemerkungen zugeworfen, nun aber, da es ans Erzählen ging, beherrschte ihn, wie in Seminaren,

wie vor Freunden, die Furcht vor einem peinlichen Stotter-Sturz mitten im Satz, vor dem Rotwerden des Gesichts und dem abwehrenden Mitleidsblick: schon gut, Martin!

Er plagte sich, damit es nicht dazu kam. Wörter mit Doppelkonsonanten wie kl, gl oder zw sortierte das Hirn sofort aus, weil bei solchen Kombinationen das Zusammenspiel zwischen Atem, Gaumen, Zähnen und Zunge regelmäßig scheiterte. War ein Wort wie *klein* nicht zu vermeiden, mußte es je nach Zusammenhang in ein reibungsloses, vielleicht weniger treffendes übersetzt werden, *schmal, winzig, unbedeutend,* und ein Wort wie *glauben* wurde automatisch in *meinen, denken, behaupten* verwandelt, ohne daß ein Stokken und Stochern im riesigen Wortvorrat auffallen sollte.

So gingen Martin in jeder Sekunde ganze Wortfelder durch den Kopf, aus denen er die hindernisarmen Wörter oder Silben zu fischen hatte, bis ein einigermaßen sprechbarer Satz zustande kam. Diese Strapaze war nie lange durchzuhalten. Völlig beansprucht von der Suche nach möglichst leichtgängigen Wörtern, verlor er den Erzählfaden, und viel zu schnell zerfledderte das wenige, was er zu sagen hatte, in einem diffusen Satzende ohne Absenken der Stimme, das kein Ende war und mit einem in der Luft zappelnden *und* aufhörte, mit dem er hilflos andeutete: Ich bin noch lange nicht fertig, eigentlich hätte ich noch mehr zu sagen, ich weiß nur selber nicht, wo ich bin, wo ich wieder anfangen soll.

Immerhin, Franziska gefiel die Buster-Taufe. «Ja, nennen wir dich Buster!» Das Essen kam, und Martin hatte nicht vergessen, daß er herausfinden wollte, ob die Freundin mit dem alten Bildhauer Lazlo schlief oder nicht. Er konnte, er wollte sich nicht vorstellen, wie sie, dreiundzwanzig, bei dem sechzigjährigen grauen Herrn lag, der vielleicht zärtlich war, ruhig, erfahren, aber eben ein Greis, den er sich mit schlaffem Penis und faltigem Körper vorstellte, ein Bild, das nicht zu Franziskas feinem ästhetischem Gefühl paßte. Lazlo war verheiratet, vielleicht ging sie mit ihm nur aus, Theater, Spaziergänge, ein bißchen schmusen mit Opa auf dem Sofa? Wollte sie überhaupt einen Mann, und welchen, wenn es Lazlo, der Commerzmann, Martin oder andere Kunden nicht waren? Oder zog es sie eher zu den Frauen? Er wußte nichts von ihr, nichts von Lazlo, und wußte nicht, wie er sein Nichtwissen beenden sollte. Eingeschüchtert von den eigenen Fragen, lobte er das Essen.

Vielleicht hab ich bei Ellen doch mehr Chancen, dachte er, vielleicht kann ich Franziska wenigstens ein bißchen eifersüchtig machen. Seit Monaten balzte er erfolglos um beide, die sich kannten und aus Hamburg kamen. Er berichtete Franziska, daß er mit Ellen morgen demonstrieren gehen wolle, sie hätten sich am Mittag in der Uni dazu entschlossen, man müsse doch endlich was tun.

«Ich hab langen Samstag», sagte Franziska, sie mochte nicht über Vietnam reden.

Martin fand keine Brücke zum Thema Lazlo, zum

Thema Liebe, zum Thema Penis, also sprachen sie über Literatur. Franziska war streng, wie nebenbei fertigte sie die jüngste deutsche Literatur als «Kinderbücher» ab, sagte das aber mit einem so freundlichen Charme, daß der Verliebte, obwohl er nicht ihrer Meinung war, fast zugestimmt hätte. Angestrengt verteidigte er die Bücher einiger Autoren, die als junge Talente gehandelt wurden, und war wieder ganz damit beschäftigt, möglichen Stotterwörtern auszuweichen. In der Defensive beherrschte ihn die gewohnte Aufregung, in der jeder Konsonant zum Absturz führen konnte. Er sah sich verpflichtet zu widersprechen, er wußte, daß er Franziska nicht umstimmen konnte. Schnell gab sie nach bei einem Buch, verdammte umso heftiger zwei andere, die er verteidigte. «Lies lieber Saul Bellow, Lawrence Durrell oder Djuna Barnes, dann weißt du, was ich meine.»
Auf ihre Empfehlung hatte er diese Autoren längst gelesen und fühlte sich zurechtgewiesen wie ein Schüler. Ihre Überheblichkeit, auch wenn sie ironisch gespielt war, stieß ihn ab. Was wollte er von ihr, warum saß er hier mit ihr vor einem Berliner Trevi-Brunnen und ließ sich demütigen? Sie merkte, sie war zu weit gegangen, sie schaute ihn plötzlich an wie verliebt, legte die Hand auf seinen Arm, während sie den Oberkörper zurücklehnte, als müsse sie sich im voraus von jeder möglichen Zärtlichkeit distanzieren, und sagte: «Nichts für ungut!»
Die Wärme bestach ihn. Die Hand, die sie schon wieder zurückziehen wollte, hielt er fest. Die weibliche

Wärme drang durch Jacke und Hemd in die Haut ein, besänftigte sein Fleisch. Für ein paar Sekunden fühlte er sich bis auf die Knochen geliebt. Das wärmende Blut in den Adern Franziskas, das war die Aussicht, das Versprechen, dafür lohnte sich das Warten. Alle Fragen schmolzen dahin, nur die eine nicht: Welche Chancen hast du gegen Lazlo? Die Erektion war ihm peinlich, obwohl Franziska sie nicht bemerkte.

Sie griff zum Weinglas. Er sah die Muscheln auf dem letzten Pizzastück, auf ihrer Gabel, sah die Muscheln in ihrem Mund verschwinden und wagte kein anzügliches Wort.

«Ich möcht mit dir tanzen gehn», sagte er.

«Heute nicht.»

«Wir waren lange nicht mehr im *Bibabo*.»

«Laß man, Buster.»

Als Lazlo plötzlich neben dem Tisch stand, ging alles sehr schnell. Der Alte setzte sich dazu, nannte Martin junger Freund, trank einen Rotwein, erzählte vom Besuch eines Arztehepaares im Atelier, schwärmte von kunstverständigen Leuten. Franziska tat so, als sei alles Zufall. Martin hörte nichts, sagte nichts, er fühlte nur seinen hastigen Herzschlag: Hat sie mich reingelegt, hat sie hier auf ihn gewartet?

Sie zahlten. Lazlo zögerte nicht, den Beifahrerplatz zu besetzen. Martin lehnte die Einladung einzusteigen ab.

Die kalte Luft verstärkte den Zorn. Er drehte sich vom Auto weg. Nach Hause wollte er nicht.

Im Bus oben, am anderen Ende der viersitzigen Bank, ein Mann mit schwarzen Haaren, dunklem Anzug, mit einem strengen gekerbten Gesicht. Martin dachte sofort, den kenn ich, da sitzt Pasolini. Keine drei Wochen war das her, da hatte er den gesehen, schwarzer Anzug, schwarzes Haar, schwarze Brille, nicht so nah wie im Bus, auf der Bühne der Kongreßhalle von der achten Reihe aus, zwischen mehr als tausend Leuten wie jeden Mittwoch in diesem Winter abends halb zehn, *Veränderung im Film*. Ein unbekannter, nicht übersetzter italienischer Schriftsteller hatte mit verkniffenem Gesicht und wie verloren auf dem Podium neben Höllerer und zwei Kritikern unter der riesigen weißen Leinwand gesessen und kämpferisch behauptet, er drehe Filme, um die einfachen Leute zu erreichen, die keine Bücher lesen.

Er ist es, dachte Martin, aber was will er nach drei Wochen schon wieder hier, und dann im Bus, der fährt Taxi, der hat Fahrer, der ist nicht allein unterwegs, er ist es nicht.

In der Kongreßhalle hatte er etwas von einer *dritten Welt* erzählt, einer *dritten Welt* der Gastarbeiter in Deutschland, Theorien, die Martin nicht verstanden hatte, im Kopf noch die Bilder des Films *La Ricotta*, Neubausiedlungen, häßliche Vorstädte von Rom, das ärmste, neuste, unbekannte Rom. Dazu Szenen mit Christus am Kreuz, im Film wurde eine Verfilmung der Kreuzigung gezeigt. Auch dieses Motiv hatte ihn abgestoßen, er hatte es zu oft gesehen, zu oft *Ohauptvollblutundwunden* gesungen, war zu oft allein gewe-

sen vor den Bildern von Blut, Opfer, Trauer, Verrat, Schmerzen, Kitsch, Tränen, Vatermacht, Sohnesleid. Selbst Parodien auf die Kreuzigung lockerten diesen Widerwillen nicht, es war ihm nicht klar gewesen, ob der kommunistische Katholik, wie ein Kritiker sagte, eine Parodie versucht hatte oder eine künstlich naive Annäherung. Das Beste waren schöne Tricks und Orson Welles in der Rolle eines Regisseurs, der einen Journalisten beim Interview auf die Schippe nimmt. Wegen dieser Szenen mußte man sich den Namen merken, Pasolini, der mit kantigem Kopf und steifem Selbstbewußtsein seine Filme als Verlängerung literarischer Möglichkeiten anpries.
Der Mann drängte vorbei, sagte «Vasseihung» und stieg aus.

Am großen runden Tisch in der Mitte des düsteren, schmalen Raums der *Locanda* saßen sie wieder, als Martin eintrat, sie schauten auf, sie schauten ihn an, Ernst und seine Freundin Iris, Eva die Malerin, die Journalistin Sandra, die sich Locke nannte, Lutz und Robert, der eine auf Prosa, der andere auf Lyrik spezialisiert. Lässige Begrüßungen, Martin gehörte dazu, auch wenn er nicht so oft wie die anderen hier auftauchte. Er setzte sich zwischen Locke und Robert, der fragte: «Wie geht's, Buster?»
«Buster ist tot. Es lebe Buster!» sagte Ernst, ehe Martin antworten konnte, «Buster geht's gut.»
Die Freude, daß sie den Spitznamen vom gestrigen Abend nicht vergessen hatten, befreite ihn vom gröb-

sten Ärger. Über der Mitte des Tisches eine niedrig hängende Korblampe, zwei Kerzen brannten und tropften zwischen Gläsern und Aschenbechern, hier war der hellste Punkt der Kneipe. Fast alle tranken Bier, Eva Weißwein, fast alle rauchten, nur Iris nicht. Martin nahm die Zigarette, die Robert anbot.

Gerade holte er Luft und wollte sich mit dem Satz ‹Ich hab gerade Pasolini gesehen im Bus› ins Spiel bringen, als die Kellnerin kam. Der Slogan ‹Zwei Worte, ein Bier› lag ihm auf der Zunge, aber er wagte ihn nicht auszusprechen wegen der unüberwindlichen *Zwei*, wollte nicht gleich mit Stottern auffallen und suchte nach einer anderen originellen Formulierung, während er gleichzeitig Eva und Locke laut über Lockes Pullover reden hörte, der auffällig eng und orangen war, «direkt aus London, Carnaby Street». Die Kellnerin wurde ungeduldig, bis er endlich die Bestellung über die Lippen brachte, «ein Bier, bitte».

Die andern waren in einer Debatte über einen Griechen, Autor und Bildhauer, den der Innensenator ausweisen wollte. «Von einer Woche auf die andere!» – «Sieben Jahre hier, und er schreibt deutsch.» – «Weiß ich, hab die Gedichte gelesen.» – «Sogar gute Gedichte.»

Franziska beschäftigte ihn mehr als der Grieche. Warum kommst du nie weiter als ein Schüler mit siebzehn, warum hört dieses Elend nie auf? Von seinem Reinfall konnte er hier nicht erzählen. Als er die ersten Schlucke Bier getrunken hatte, lenkte er seine Hoffnung auf Ellen, mit der er verabredet war auf dem

Steinplatz morgen, schaute auf Lockes Pullover und wartete auf eine Gesprächspause, um den Scherz mit Pasolini loszuwerden.

Inzwischen waren die andern bei Kafka, bei der Ausstellung in der Akademie der Künste. Ernst spitzte alles auf die Frage zu, was die Entdeckung des Schlosses Wossek in Böhmen bedeute, ob das reale Vorbild für das *Schloß* den Roman, die Lektüre, die Deutung verändere. Martin hörte zu, hörte auf dies Argument und jenes, und als allmählich eine Meinung sich gebildet, ein Satz im Kopf sich geformt hatte, den er bei Nachfrage hätte vorbringen können, war man auf der anderen Seite des Tisches bei James Bond, und nach zwei Minuten sprach niemand mehr über Kafka.

Die Stimme von Georges Brassens aus der Musikbox lud zum Zuhören ein, Iris und Lutz stritten, ob die Bond-Filme eine *Schule für Sadisten* seien, wie *konkret* behauptete, oder eine groteske, operettenhafte Darstellung des Ost-West-Konflikts. Iris sprach sonst wenig, an diesem Punkt aber überraschend heftig, während Lutz sich immer mehr in langen Nacherzählungen einzelner Filmepisoden erschöpfte und damit die Runde unterhielt. Martin gefiel es, den Geschichten zuzuhören, die wegen Lutz' effektvollen Übertreibungen vielleicht spannender waren als die Filme selbst, aber noch mehr leuchteten ihm Iris' Einwände ein.

Er war froh, nicht entscheiden zu müssen, wer recht hatte, vielleicht hatten sie beide recht, doch das wagte niemand zu sagen. Mitreden konnte er nicht, hatte nur

Goldfinger gesehen, als Zuschauer beeindruckt, als Kritiker ablehnend. Iris wurde immer mehr von Lutz' langen Sätzen eingeschüchtert, auch Ernst widersprach seiner Freundin. Martin hätte ihr gern beigestanden, aber er wußte nicht, was er sagen sollte, und zog sich auf den Gedanken zurück: Vielleicht muß man gar nicht zu allem und jedem eine feste Meinung haben, was hängt schon von Meinungen ab, von den Biertischmeinungen eines Lutz, einer Iris, eines Ernst, eines Martin, nichts. War nicht jede Meinung nur Ausdruck einer Verlegenheit? Eine Bequemlichkeit, mit der man sich trotzig über Gegensätze hinwegschummelte? Eine Position behauptete, um sich selbst daran zu behaupten?

Eva, Robert, Ernst und Iris bekamen ihr Essen, Salat die Frauen, Pizza die Männer. Der Thunfischsalat weckte seinen Appetit. Hat die Wut auf Franziska dich hungrig gemacht? Der Salat war ihm zu teuer, schon wieder sechs Mark, er bestellte nichts und schielte mit beherrschtem Neid auf die Teller.

Adamo begann zu singen, *Tombe La Neige*.

Locke sprach über Biermann, von der Polemik des *Neuen Deutschland*, von dem offenen Brief, den Röhl in *konkret* an den ND-Redakteur Höpke geschrieben hatte. Ein Streit über Röhl brach los, ob der ehrlich sei mit seiner Biermann-Verteidigung oder nicht, bis Eva rief: «Hört auf mit der Politik!»

«Immerhin», sagte Martin mit trotziger Stimme, «haben sie in *konkret* ja ein paar Biermann-Gedichte nachgedruckt.»

Es war sein erster vollständiger Satz an diesem Abend.

«Und Mao-Gedichte, wunderbare Mao-Gedichte!» sagte Ernst.

Das dritte Bier, das letzte Bier, Martin hörte sie alle reden, gegen die Musik, trotz der Musik, er hörte zu, hörte nicht zu, ihm schwindelte vor dem Tempo der Namen, vor dem Tango der Themen und vor der unterhaltsamen Eitelkeit, die eigenen Sätze wichtiger zu nehmen als alles andere. Er mochte nicht mehr gegen die warme Gewalt der Melodien auf die endlos gesprochenen Wörter achten und lehnte sich zurück. Aus der anderen Ecke tönte Ernsts Stimme, «den Grass werd ich noch übertreffen eines Tages». Eva lachte, das genügte als Antwort.

Der Zorn über Franziska kochte wieder hoch. Auch an diesem Tisch war ein Wunder nicht zu erwarten. Locke war zu heftig, zu laut beim Reden, außerdem mit Otto liiert, einem Architekten, der meistens spät in der *Locanda* auftauchte. Eva wartete auf Anton, den alten Dichter, auch zu ihr spürte er keine Neigung. Iris, die Jura paukte, trotzdem gelassen in strenger Schönheit, war fest bei Ernst, Iris war tabu.

Auch Robert war still geworden, er lauschte und summte *It's Been A Hard Day's Night* mit, während Martin Gesprächsfetzen von Locke aufschnappte, «der Jazzer», «Haschisch», *«Old Eden Saloon»*. Robert sang mit, der große, breitschultrige Mann hatte ein Ohr für die Musik. Eva nannte ihn «schweigsamer Schrank», er redete nicht so dahin wie die meisten. Neben ihm störte es nicht, Buster zu sein. Vor allem wegen Robert fühlte sich Martin in dieser Runde aufgehoben, trotz allem. Nie wollte er so ein einsamer Säufer werden wie die beiden auf den Hockern an der Theke.

Adamo sang die schöne Schnulze *Natalie*. «Zehn Millionen Riechzellen hat der Mensch, vierzig Millionen der Hund, da siehst du mal.» – «Dreitausend Nutten in Berlin, da siehst du mal.» – «Nur die registrierten.» – «Was siehst du?» – «Nichts.» – «Wie viele von den dreitausend kennst du?» – «Wenn ich ehrlich bin, drei.» – «Welche war die beste?» – «Heute nicht.»

Sie hatten alle was erlebt, sie hatten alle was zu erzählen, sie konnten alle erzählen, vielleicht besser erzählen als schreiben. Jeder trug eine andere Spannung in sich, aber sie hatten alle das gleiche Ziel, sie wollten ihr Glück in der von der Mauer umzingelten Stadt machen. Martin und die Freunde setzten nicht auf Geld oder ein Amt oder eine Stelle, sie bauten allein auf Wörter, Sprüche, Sätze, sie suchten im Tempo der Stadt ihren eigenen Takt, ihren eigenen Text. Sie waren jung, sie waren zuversichtlich, ihre Namen standen hin und wieder auf Feuilletonseiten, sie schrieben Kritiken, sie schrieben Artikel, sie wurden rezensiert, sie gefielen sich. Auch Martin gefiel sich zwischen den Freunden, die sich durch kleine Erfolge unterschieden von anderen Künstlern in der Stadt, die erst anerkannt werden wollten.

Berlin war voll von Leuten, die lebten wie Künstler und dachten wie Künstler und kurz vor dem Abschluß ihres ersten großen Werkes standen, das ihnen den

Durchbruch verschaffen sollte. Im *Leierkasten,* in der *Kleinen Weltlaterne,* bei *Leydicke,* im *Old Vienna,* in den *Eden Saloons,* bei *Franz Diener,* im *Café Zuntz* oder im *Café am Steinplatz* saßen nachmittags, saßen abends, saßen nachts Künstler herum, die Künstler werden wollten, und redeten viel und tranken wie Künstler und sahen aus wie Künstler und sprachen von Bildern, die sie malen, Büchern, die sie schreiben, Filmen, die sie drehen, Musik, die sie erfinden wollten. Sie hatten Ideen und Theorien und Einfälle und wußten damit zu glänzen und waren überzeugt, nur noch ein paar Schritte, ein paar Monate vom großen Ruhm entfernt zu sein, und wenn diese Aussicht nicht bestand, dann waren die Etablierten und Arrivierten, Galeristen, Fernsehfritzen, Verleger schuld, die den Durchbruch verhinderten.

Die Mischung aus Ruhmsucht und Selbstmitleid war in der *Locanda* nicht zu finden, hier konnte jeder so tun, als wollte er gar nicht berühmt werden, und wenn sich einer mal verstieg, ein besseres Buch als die *Hundejahre* schreiben zu wollen, wurde er schnell vom Sockel geholt.

Von einer neuen Welle der Wut über Franziska erfaßt, fühlte sich Martin plötzlich müde, überanstrengt. «Buster muß gehen», sagte er und stand auf. Die andern hielten ihn nicht auf, sie kannten ihn als den, der wenig sagt, wenig trinkt, früh geht.

«Ich komm mit», sagte Robert.

Frische Luft, die schönste Belohnung, wenn man es geschafft hatte, sich vom Sitz zu lösen, von der Schwere des Alkohols und den Blicken der andern zu befreien. Sie liefen von der Uhlandstraße zu den Bussen am Kranzlereck, Robert wollte zu einer Faschingsfete und deutete an, daß dort eine neue Freundin auf ihn warte.

«Wie läuft's denn so mit deiner Braut?»

«Welche meinst du?»

«Die kleine Blonde.»

«Ellen. Ja, gut, hat viel zu tun jetzt, Semesterende.»

«Schöne Frau. Und nicht zickig.»

Die Anerkennung freute Martin, aber er traute sich nicht zu sagen, daß Ellen nur seine gelegentliche Begleiterin war und mit einem Schauspieler aus Frankfurt schlief.

Warum täuschst du den Freund? dachte er, als Robert in den Bus stieg, warum redest du nicht einmal offen mit ihm, hast du Angst, daß er dich verrät, dich auslacht, dich einfach zu einer Nutte mitschleppt, warum schämst du dich sogar vor den besten Freunden?

Ein paar Seiten *konkret* vor dem Schlafen, *James Bond: Schule für Sadisten*, nein, nicht noch einmal, Ulrike Meinhof, *Vietnam und Deutschland*, nein, genug von Vietnam, *Alles über Sex-Partys in den USA*, dahin zielte die Neugier. Er wäre an diesem Abend schon mit einem einzigen Kuß zufrieden gewesen und stieß nun auf das Wort *Ausschweifungen*, er, der nicht mehr wünschte als eine einzige Partnerin, stockte vor dem Wort *Partnertausch*. Beim Lesen genierte er sich, obwohl ihn niemand beobachtete, und er las weiter mit lüsterner Scham, mit weiten Augen. Die Undankbarkeit dieser Paare verstand er nicht, die Tauschgier nicht, die Lust am *Gruppensex* nicht.

Wenn er ehrlich gewesen wäre, hätte er zugeben müssen, keine Lust zu kennen außer der Schreiblust. Das Wort Lust wagte er kaum laut auszusprechen, es gehörte ins Minenfeld des Verbotenen, Fleischeslust, Freßlust, Sinnenlust, Wollust. Früher hatte es die Wortlust des Vaters und die Lust am Gänsebraten gegeben, die Mutter begnügte sich mit Betlust und manchmal ein bis zwei Pralinen, mit Sangeslust und sonntags zwei Stückchen Kuchen, zufrieden mit allem, was an Kindern leise, kontrolliert, bescheiden war.

Immer wieder fragte sich Martin, wieviel er von den Eltern geerbt hatte. Er wußte es nicht, er wagte nicht, Lust und Sünde auszuprobieren, aus Angst vor dem abgewürgten Gott in ihm, Angst vor dem toten Vater in ihm, Angst vor der ängstlichen Mutter in ihm, und er haßte sich für diese Ängste. Gierig und verständnislos las er von geheimen Treffen in dunklen Wohnzimmern und *Gruppensex* und las darüber hinweg, über den Artikel hinweg, weil er mehr und mehr an sich dachte, an die erste große Liebe, die Angst vor der Liebe.

Das Mädchen schrieb wunderbare Briefe und Gedichte, lebte hundertfünfzig Kilometer entfernt, wie viele Worte, wie viele Briefe, wenige Küsse, zählbare Umarmungen, mit jeder Lust wuchs die Angst vor der Lust, jedes Anfassen immer ein Schritt weiter in die

Angst, die Brüste berühren, ja, das Schamhaar fühlen, ja, den Finger in der Scham, auch das, ihre Hand am Penis, ja, das Beben, das Warten, das Zögern, und bald lagen sechshundert Kilometer zwischen ihnen, die Geliebte durfte nicht nach Berlin, er durfte nicht nach Tübingen oder nur um den Preis, Soldat werden zu müssen, die langen Briefe waren kurz, die Bahnfahrten teuer und dann ein paar Stunden sich anfassen, bis es peinlich und feucht wird und *weiter dürfen wir nicht*, dann doch ein Versuch, und da schießt Blut aus der Nase, das Blut in beiden verschreckten Gesichtern, alle Angst umgelogen in den Satz *das Leben fängt doch erst an*, wo fängt die Gefahr an, wo die Sünde, wo die Strafe, wenn wir nicht aufpassen, wenn wir uns vergessen.

Bei den Sex-Partys in den USA gab es diese Fragen nicht, da war alles erlaubt. War das *Sodom und Gomorrha*, war das wirklich erlaubt, diese Leute erlaubten sich alles. Martin war alles verboten, es schien ihm, als wucherten Verbote durch seinen Körper wie Krebs. Seine Vernunft kämpfte gegen die eingefleischten Kindergedanken: Alles wird bestraft, Gott sieht alles, die Eltern sehen fast alles, überall lauern Sünden, und am schlimmsten ist die Strafe für das, was man gar nicht getan hat aus Angst vor der Strafe. Bevor das Kind tut, was als böse gilt, sieht es sich schon verurteilt. Bevor es schuldig wird, ist es schon von Schuldgefühlen niedergeschlagen. Bevor der Vater das Messer hebt wie Abraham, fühlt der Sohn sich verraten, getötet, geopfert. Immer ahnt er die Zukunft voraus, die Strafe. Warum

springt die Mutter nicht dazwischen, das Kind zu retten, mit einer Umarmung, mit Nähe, mit einem lauten Nein? Ja, sie meinen es nicht böse, sie können nicht anders, sie vertrauen auf Gott und warten auf das Wunder, auf den Engel, der die Rettung bringt.
Martin legte das Heft weg und schaltete das Licht aus.
Das Messer, immer bleibt das Messer in der Luft, das auf den Jungen gerichtete Messer. Das dir die Zunge abgeschnitten hat, das dich stumm gemacht hat. Das Messer, was schneidet das Messer, was kann man dir abschneiden, das Glied schneiden sie dir ab, warum sagten sie, du bist ein *Glied der Kirche,* seit du getauft und konfirmiert bist, warum schämten sie sich nicht, das gleiche Wort wie für das Geschlechtsteil zu benutzen, als wäre dein Glied schon vergeben, das Sündenkörperteil der Christenheit geopfert, abgeschnitten, weg. Mit deinem Glied wirst du irgendwann *zeugen,* das ist erlaubt, aber jetzt ist dein Glied überflüssig, störend, eine Gefahr, wohin damit, weg. Angst vor der Lust, Angst vor dem Messer, wer schneidet dir das Glied ab, wer, wenn nicht der Vater, wer nimmt dir dein Glied, was passiert, wenn du dein Ding versteckst, vor dem Vater versteckst, in eine Frau steckst, in diese Öffnung, die Scheide, der einzige Platz, wo dich das Messer nicht trifft, wo du sicher sein könntest, die Scheide, die auf den Bildern der Sexualaufklärer reinlich und trocken aussieht und in Wirklichkeit feucht und haarig ist und vielleicht andere Gefahren birgt als ein Messer, schlüpfrig, saugend, verschlin-

gend, diese dunkle, in unbekannte Tiefen ziehende Wunde, die Blutzone, der Kanal, der die Kinder empfängt und die Kinder ausstößt, ein Tabu, der mütterliche Leib, unnahbar, aus dem du kommst, du weißt nicht, ob du ihn lieben oder hassen sollst, unnahbar Franziska, unnahbar Ellen, es bleibt das Ziel und Zentrum Möse, das Rätsel Vagina, die Sphinx Vulva: willst du dahin, paßt du dahin, bist du ihr gewachsen, Länge, Steifheit, Ausdauer, paßt du auf, aufpassen, daß kein Kind kommt mit Schmach und Schande, wirst du dich dort bewähren, in Lust, in Angst, bist du dort sicher vor dem Messer, hast du dort endlich gewonnen gegen den Vater?

So schlief er ein, Träume trugen ihn.

3 Am Schreibtisch, halb elf. Martin verbat sich Gedanken an die Nachrichten des Tages, an den Nachmittag, an Ellen und Franziska, er gehorchte. Neben der Schreibmaschine lagen Notizen und Blätter der Rohfassung für ein Referat, das er in drei Tagen vorzutragen hatte. Es gab noch einiges zu ergänzen, zu feilen und die Einleitung zu schreiben. Zwischen drei weißen Seiten waren zwei Blätter Kohlepapier in die Maschine gespannt, alles möglichst gerade, möglichst richtig, Martin wollte alles möglichst gerade, möglichst richtig machen, die Ziele waren klar: am Wochenende fertig, am Dienstag präsentieren, Zustimmung gewinnen.
Über die Titel von Anthologien tippte er und dachte, nicht zum ersten Mal: wie albern! Aber es war ein Oberseminar, Colloquium genannt, ohne ein Referat kam man nicht davon, und er hatte eins der einfachsten Themen gewählt, das wenig Vorbereitung kostete. Doch es wunderte ihn in jeder Woche wieder, mit welchem Eifer sich zwanzig, fünfundzwanzig ausgewählte Germanisten mit den Lyrik-Anthologien des 19. Jahrhunderts beschäftigten.
Auffallen wollte er, wenigstens mit ein paar originellen Sätzen. Es schien ihm geschickt, die Haltung der amüsierten Überheblichkeit, die er ebenso wie die meisten Studenten und Dozenten an den Tag legte, gleich in

der Einleitung zu kritisieren. Er wollte es den anderen zeigen, wollte beweisen, daß er die Stimmung im Seminar durchschaute und zu problematisieren verstand, und begann zu schreiben: *Die Untersuchung der Anthologien des 19. Jahrhunderts entspricht, wie es scheint, einer literarischen Obduktion. Deren Objektivität allerdings ist von einer Stimmung gefährdet, die eher einem fröhlichen Leichenschmaus angemessen wäre als einem lehrreichen Befund...*

In den wöchentlichen Doppelstunden von Oktober bis Januar hatte Martin noch keinen Satz gesprochen, jedenfalls nicht laut. Er galt als der hartnäckigste Schweiger, und er hatte nichts dagegen, der Schweiger zu bleiben, man kannte sein Stottern und seine Zurückhaltung und respektierte seine stumme Aufmerksamkeit. Erfreulicherweise waren die andern überzeugt, daß hinter seinem Schweigen mehr Verstand als Dummheit steckte. Von diesem Irrtum hoffte er zu profitieren. Darum mußte er, wenn er einmal den Mund aufmachte, mit Intelligenz, Kenntnis und Witz glänzen. Mit dem Vorlesen des Referats galt es, sich den Kredit zu verschaffen, weiter im hohen Kreis geduldet zu sein, den Vorschuß, um im nächsten Semester wieder die Rolle des schweigsamsten Schweigers übernehmen zu dürfen.

Der heutige Betrachter erfreut sich leicht der Genugtuung, die Ursachen des friedlichen Hinscheidens der Anthologien... Schon vergaß er seine Vorbehalte gegen das Thema, er dachte an das Ziel. Die Unlust schwand, die Sätze wurden länger, geschmeidiger, differenzierter. Martin gefiel sich in seinen Sätzen. Wörter aneinander zu bauen, Gedanken ironisch abzufedern, Schicht für Schicht den Ernst aus dem Thema zu schälen und dennoch etwas zur Sache zu sagen, war die eine Seite des Vergnügens. Außerdem gönnte er sich die naive Freude über jede neue Zeile, die er zustande brachte: die Reihe schwarzer Buchstaben, von den Typenhebeln durch ein frisches Farbband auf das klare Weiß des Papiers geschlagen. Buchstabe fügte sich an Buchstabe, Zeile unter Zeile, Absatz auf Absatz, und Martin genoß es, daß ihm dies ohne größere Pausen und Blockaden gelang.

Alle Probleme, die er mit dem Sprechen hatte, waren beim Schreiben vergessen. Selbst wenn er stockte beim Setzen der Buchstaben, wenn er strich und grübelte oder vor der Banalität einer Wendung zurückschreckte, stürzte er niemals so ab wie beim Sprechen. Schlimmer als beim Sprechen konnte es nicht kommen. Daraus zog er die Sicherheit: Irgendwie, irgendwann packst du es, du mußt nur dran bleiben, konzentriert auf die Wörter hören, die du in dir hast, sie fließen langsam, aber sie fließen fast von allein, wenn du nur offen bist, die Wörter wollen ans Licht, sie suchen dich, wenn du allein bist.

Beim Schreiben sah ihm keiner über die Schulter, kein Gott, kein Vater, kein Großvater, auch nicht die Mutter. Schreibend fühlte er sich autonom, allein in einem Geheimbund mit den Wörtern oder in einem freundschaftlichen Zweikampf, und er war sicher, am Ende gegen sie nicht verlieren zu können. Jedes Wort, das nicht aus Fragmenten bösartiger Verschlußlaute, jeder Satz, der nicht aus Stotterruinen bestand, jede gelungene Formulierung waren ein Triumph über die tausend Niederlagen des Stotterers seit der frühsten Kindheit, ein Triumph über die Angst des Studenten, weder über brauchbare Gedanken noch über schlanke Formulierungen und elegante Rhetorik zu verfügen. Endlich war er auf der Siegerstraße der schwarzen Zeilen und feierte und schmeichelte sich selbst, indem er schrieb und schrieb.

Es gab keinen größeren Kontrast als den zwischen Sprechen und Schreiben, zwischen Stammeln und Tippen. Weil er das Geschriebene auch vorzulesen hatte, mußte er nur darauf achten, Wörter mit gefährlichen Anfängen, unüberwindlichen Konsonanten und Doppelkonsonanten zu vermeiden und einige hundert alltäglicher Wörter wie *klar, gleich, zwischen* auszusparen. Das tat er fast schon automatisch und ordnete so die Sprache nach seinen Bedürfnissen. Beim Schreiben beherrschte er die Wörter, nicht die Wörter ihn.

Einmal im Rausch, war es ihm fast egal, ob er Aufsätze oder Gedichte oder Rezensionen schrieb, ihm wurde leichter, lockerer, wenn er sich nur im eigenen Text spiegeln konnte, wenn er unter der Oberfläche der Sätze nach Gedanken und Glücksgefühlen schürfte, die allein durch das Schreiben zutage gefördert werden konnten. Ohne das Schreiben wären ihm die meisten seiner eigenen Gedanken niemals begegnet.

Es war ihm gleichgültig, ob er bei dieser tröstlichen Tätigkeit ein Dilettant war oder ein Talent, ein

schlauer Rhetoriker, der möglichst vielen gefallen wollte, oder ein Drückeberger vor dem Leben, vor einer fernen Verantwortung. Im Triumph des Schreibens fand er sich selbst und verlor doch die Ahnung nicht, daß er sich betrog mit den vielen flinken Wörtern, um den stillen Mund und den stillgelegten Körper zu vergessen. Jeder Buchstabe, den er auf das weiße Papier hieb, war ein Körnchen Selbstgewinn, jede Zeile ein Faden, jede Seite ein Steg in die Zukunft und ein Versuch, mit den sechsundzwanzig Buchstaben des Alphabets einen tiefen Schmerz provisorisch zuzudecken. In hellen Minuten entging ihm das nicht, dann konnte er sich sogar als kleiner Baron Münchhausen sehen, der keine andere Wahl hat, als sich mit seinem Text am eigenen Schopf aus dem Sumpf zu ziehen.
So schrieb er, freute sich im Schreiben seiner Triumphe über die Wörter und überspielte die dunkleren Ahnungen mit einem triumphierenden Unterton. Als er die vierte Seite tippte, störte es ihn schon nicht mehr, daß er an etwas schrieb, was er am wenigsten mochte, Referate, denn er hatte längst den Ton einer überheblichen Leichtigkeit gefunden. Er behauptete nicht, etwas zu sagen zu haben. Fast war er überzeugt, nichts zu sagen zu haben, fast nichts. Das aber wollte er auf möglichst schlaue, intelligente Art mitteilen. So wurde er übermütig, und auch wenn es ans Zitieren ging, ließ der Übermut nicht nach. Die bekannte Größe Theodor W. Adorno, schwer zu verstehen und im Seminar mit viel Respekt belächelt, hatte einen ganzen Essay zum Thema *Titel* vorgelegt. Martin zitierte zustimmend

zwei, drei Sätze, an die er die Bemerkung fügte: *Mit solchen noch so richtigen und gescheiten Formulierungen läßt sich wenig anfangen,* als wolle er sich auch beim Zitieren keiner Autorität unterwerfen, als müsse er sich von jeder Größe und Bedeutung distanzieren, als dürfe er sich, fünf Sekunden lang, sogar über Adorno erheben.

Jeder Satz war auf Beifall aus, und Martin spürte das, aber es störte ihn nicht, es war die einzige Möglichkeit, Aufmerksamkeit und Sympathie zu gewinnen, vielleicht sogar bei den wenigen Frauen im Seminar. An die stille und kluge Margret dachte er, als er wie nebenbei ein etymologisches Detail zum Wort Anthologie aus dem Lexikon einflocht, *To anthos heißt im Griechischen nicht nur die Blume, die Blüte, sondern auch der Höhepunkt.* Er nahm sich vor, beim Lesen dieses Satzes in Richtung Margret zu schauen, auch wenn er keine Chancen bei ihr hatte, da sie oft mit Dieter zu sehen war, aber warum sollte er es nicht versuchen, er mußte nur aufpassen, beim *to* nicht zu stammeln, vielleicht einfach *ho* sagen, das würde keiner merken. Gerade an dieser Stelle durfte er sich nicht blamieren: *anthos, der Höhepunkt.*

Es klingelte, er tippte noch drei Wörter, ehe er öffnete. Rolf, ein alter Schulfreund, stand vor der Tür und sagte, als Martin ihn hereinbat:

«Kommst du mit, Tasmania gegen HSV? Uwe Seeler ist wieder dabei!»

«Nein», sagte Martin, «hab was Besseres vor.»

«Gratuliere. Wie heißt sie?»
«Nicht was du denkst.»
Martin kostete die Spannung aus, die er im hageren Gesicht des Freundes sah, der jetzt Tiermedizin studierte.
«Ich geh demonstrieren, Vietnam.»
Der Satz wirkte. Rolf guckte, als müsse er ihn vor der Hölle retten. Welchem Tier, überlegte Martin, wirst du ähnlich sehen, wenn du Tierarzt bist?
«Na, setz dich doch! Hier, das Flugblatt, damit du weißt warum.»
In der Uni war ein eng bedrucktes zweiseitiges Flugblatt verteilt worden, in dem die Geschichte des Krieges zusammengefaßt war. Genfer Abkommen 1954, Beschluß freie Wahlen, von USA stets verhindert, weil sie den Diktator Diem vorzogen. Folge: Widerstand, Folge: noch brutalere Diktatur, drei Viertel der Bevölkerung für den Vietcong, laut Schätzung der Amerikaner. Die Argumente, warum die USA endlich verhandeln und nicht weiter bomben sollten, waren mit Zitaten aus *Le Monde, Times, Welt* und *Nouvel Observateur* gestützt.
Das hatte Martin und Ellen überzeugt. «Irgendwann muß es das erste Mal sein», mit einem Lachen als Zugabe. Am Ende des Blattes stand: *Wir fordern: Keine weitere Eskalation des Krieges! Verhandlungen auf der Basis des Genfer Abkommens! Frieden für Vietnam! Wir rufen Sie auf, sich an der Demonstration zu beteiligen, die diese Forderung erhebt! Beginn: Samstag, 5.2., 14 Uhr, Steinplatz.*

«Seit wann bist du im SDS?»
«Bin ich nicht. Außerdem sind alle andern auch dabei, Liberaler Studentenbund, SHB, Humanistische Union, und so weiter. Außerdem kann ich selber denken.»
«Ich auch. Ich geh den Kommunisten nicht auf den Leim.»
Martin hatte gehofft, das Flugblatt würde Rolf beeindrucken. Die schroffe Haltung des Freundes machte ihn ratlos. Er trägt immer noch den Haarschnitt der Bundeswehr, dachte er, und redet auch so. Ein Panzergrenadier auf der Bettkante. Es drängt ihn zu den Tieren, er möchte ein guter Mensch sein. Immerhin hatte er Martin nie vorgeworfen, sich vor dem Wehrdienst gedrückt zu haben. Nach Berlin gehen, Arbeit suchen, dem Kreiswehrersatzamt eine Arbeitsbescheinigung schicken, dann kündigen und nach vier Wochen Fabrik zu studieren anfangen, so einfach. Rolf hatte zwei Jahre Uniform hinter sich.
«Ach, komm mit, überzeug dich selbst. Tasmania steigt sowieso ab, und Uwe Seeler spielt irgendwann noch mal im Olympiastadion.»
«Nein, ich mach das nicht mit.»
«Du bist also dafür, daß die Amis Vietnam völlig mit Napalmbomben z...z...zerstören?»
Die Zunge streikte bei Z, er hatte das falsche Verb gewählt, er spürte, wie das Stottern dem Argument schadete.
«Nein! Aber in Berlin gehört sich das nicht!»
«Wo gehört es sich denn? Müssen sie erst Atombom-

ben werfen? Wie unmenschlich soll denn der Krieg noch werden?»

«Jeder Krieg ist unmenschlich.»

Das hat er gut gelernt bei seinen NATO-Schulungen, dachte Martin. Hätten sie das auch mit mir gemacht als Panzerschütze oder Quartiermeister, wenn ich hier keine Arbeit in der Fabrik gefunden hätte? Das ist der gleiche Rolf, der sich einmal mehr als die andern in der Klasse auf die Literatur geworfen hatte. Martin wollte ihn an die alten Zeiten erinnern, doch er fürchtete, der Freund werde zurückfallen in sentimentale, bierselige Schülererinnerungen. Nein, der Streit mußte ausgetragen werden.

«Und deshalb muß man brav zuschauen und im Fernsehsessel Däumchen drehn?»

«Hör auf!»

«Und in der Uni Räume sperren, wenn über Vietnam geredet werden soll?»

Rolf sagte nichts. Martin suchte nach neuen Argumenten.

«Und für freie Wahlen bist du auch nicht?»

«Doch. Aber wenn sie alle Kommunisten sind?»

«Wer macht sie denn zu Kommunisten?»

«Die Chinesen.»

«Nein, die Amis.»

«Du spinnst.»

«Na gut, vielleicht beide. Drei Viertel der Vietnamesen sind für den Vietcong. Also keine Wahlen, sondern Bomben drauf, immer feste, auf die Schulen, Krankenhäuser, Deiche, damit sie schwimmen lernen, die

Kommunisten! Mal richtig testen, was mit den neuen Waffen alles pl...pl...plattzumachen ist. Eine halbe Million Tote, und da soll man nicht für Verhandlungen sein?»

«Hast ja recht, ich bin ja nicht gegen Verhandlungen.»

«Aber du sagst es keinem.»

«Weil es uns Deutschen nicht zusteht, die Amis zu belehren.»

«Und wenn Martin Luther King, fünftausend Professoren in den USA, die Franzosen und jede Menge Politiker im Westen das Ende des Krieges fordern, dürfen wir dann immer noch nicht?»

«In Deutschland ist das was anderes.»

«Da muß man wie Erhard dem Johnson in den Arsch kriechen und noch kräftig zahlen dafür.»

«Berlin wird auch in Vietnam verteidigt.»

«Sagt die *Bild-Zeitung*! In Vietnam wird eine Diktatur verteidigt und ein Staatschef, der Adolf Hitler zum Vorbild erklärt...»

«Ja, geschenkt, trotzdem, hier, neben der Mauer... Außerdem darf Vietnam nicht an die Russen und Chinesen fallen, dann haben sie bald ganz Asien.»

«Du Asien-Stratege, was sagst du den Mönchen, die sich verbrennen, diese Buddhisten, aus Protest gegen Ky und den Krieg...»

«Ja, aber... was willst du tun, du, Martin?»

«Ich? Schluß mit den Bomben!»

«Dein Gewissen beruhigen, mehr erreichst du sowieso nicht.»

«Und du … du hast nicht mal ein Gewissen. Oder kommst du mit? Meine Freundin ist auch da.»
«Ellen? Dann laß ich euch lieber allein.»
«Allein sind wir bestimmt nicht.»
Beim Abschied in der Küche warf Rolf einen Blick auf die Seiten des *NEUSS DEUTSCHLAND: Hallo Nachbarn! HI-HI-HILFE! Wir bitten unsere Abonnenten um finanzielle Hilfe für den ersten Hinterbliebenen des Vereins der Westberliner Zeitungsverleger. Zeigt's dem Springer! Helft dem Neuss!*
«Der spielt sich ganz schön auf, find ich.»
«Ich nehm dich mal mit zu Neuss, am Lützowplatz, Nachhilfe.»

Warum will er nicht wissen, was Krieg ist, dachte Martin, als er zum Bus lief, warum benutzt er nicht einmal Wörter wie Bomben, Napalm, Luftangriffe, warum spricht er nicht von Menschen, Kindern, Zivilisten, alle sind ihm Kommunisten. Das haben sie also gelernt beim Bund, die Sprache zu verbiegen, wenn sie einen Feind im Fadenkreuz haben.
Aber woher weißt du, was Krieg ist, warum erschrekken dich die Fotos in der Zeitung und, wenn du mal fernsiehst, die Szenen in der *Tagesschau*, Bombentrichter, Erdlöcher, heulende Menschen, Flugzeuge, Projektile, Hubschrauber, Krater, Brände, Flüchtlinge, Ledernacken, Stahlhelme über gerüsteten Körpern, verdreckte Soldatenmänner. Aus jedem dieser Bilder quellen neue, schlimmere Bilder, schieben sich ineinander, übereinander, was siehst du, du siehst gefilmte,

fotografierte Leichen und hast in Wirklichkeit nie Leichen gesehen, hörst die Schreie der Verwundeten und hast sie nie gehört, ein Detail genügt, schon ist die Phantasie da, hast nicht umsonst Borchert, Böll und Bender gelesen, Ton läuft, Kopfkamera läuft: *Nie wieder Krieg!* Du kannst kein Blut sehen, willst kein Blut sehen, willst nicht einsehen, warum Jungen in deinem Alter, warum Männer, Kinder, Frauen im Blut oder tot liegen, nur weil Offiziere einen Einsatz, Generäle eine Strategie, Präsidenten einen Krieg befohlen haben.

Was geht dich das an, was bildest du dir da ein? In Wirklichkeit fühlst du die Wunden, die Schreie auf der anderen Seite des Erdballs nicht. Warum bildest du dir das ein, warum Gefühle für Vietnam, aber viel weniger bei den anderen Kriegen? Weil du gegen die USA bist? Nein, weil jeden Morgen die Zeitung eine Reaktion von dir verlangt: Hinnehmen oder Aufregen, Abstumpfen oder Wachwerden. Weil es Gut und Böse gibt, weil es einfach ist, diesen Krieg abzulehnen. Weil alle vernünftigen Leute dagegen sind, nicht nur in den USA, Schriftsteller von Böll bis Kästner, Bachmann, Johnson, Enzensberger, sie alle haben im Dezember eine Erklärung unterschrieben zusammen mit über hundert Wissenschaftlern.

Nein, nicht die Vernunft allein. Der Krieg steckt dir in den Knochen, jeder Krieg. Aber Rolf hat ihn doch auch in den Knochen. Beide im Krieg geboren, Sirenentöne in den Ohren der Babys, krachende Tiefflieger über den Köpfen, fiebernde Flucht und die Angstgesichter der Mütter, und bei den ersten Schritten *Hänschen klein*

in die weite Welt hinein lauter einbeinige, einarmige, kopfverletzte Riesen auf den Straßen.
Was für ein Krieg, der zweieinhalb Jahre nach seinem Ende einen unbekannten Soldaten ins Haus schickt? Ein fremder Mann wird, am Abend vor Weihnachten, zum Vater erklärt, der glücklich neben der glücklichen Mutter steht wie aus dem Boden gewachsen oder vom Himmel gefallen und den Fünfjährigen in die Ecke des Schlafzimmers verbannt. Was für ein Krieg, der auf einen Schlag, zum Weihnachtsfest, die Vatersprache beschert, auf die nur Stottern und Schweigen als Antwort passen. Was für ein Krieg, über den man noch dankbar sein muß, weil es dem Vater besser ergangen ist als dessen Vater, der gleich in den ersten Tagen des Ersten Weltkriegs den Fangschuß erhielt.
Und der Krieg im Nachkrieg, als die Erwachsenen die Vergangenheit hinunterwürgten, allen voran der Großvater, der schon an seinem zweiten Krieg schluckte, als er vier Jahre lang Schiffe versenkt hatte mit den Geschützen von Zerstörern und Torpedos vom U-Boot und überlebt und als *Prüfung* erduldet und nichts erzählt von Zittern und Stoßgebeten und ersaufenden Feinden im Fernglas. Alle würgten daran und sprachen nicht darüber und schafften die Trümmer wie die Erinnerungen weg. Nur im Wohnzimmer die *Gefallenen*, denen die Uniformen des Todes und die Hakenkreuze geblieben waren, machten Vorwürfe, stellten Fragen aus ihren Fotografiergesichtern, schauten in eine unverständliche Gegenwart, gönnten den Lebenden den Frieden und die Butter auf dem

Brot nicht und schienen es ihren Brüdern, Vätern, Söhnen übelzunehmen, daß sie die Uniformen ausgezogen hatten und den Krieg nur noch wie ein Krebsgeschwür in sich trugen. Ein Krieg, der fünfzehn Jahre brauchte, um den Vater zu zerstören, der ihm die Leber zersetzte, die Gesichtshaut lila und gelb färbte, grelle Farben vor weißen Krankenhauskissen, und ihm das Lächeln gefrieren ließ unter dem Schmerz. Das ist der Krieg, der in dir steckt. Hast den Krieg verloren. Zu Recht. Willst ihn auch nicht gewinnen.

Steckst immer noch drin, mitten im Nachkrieg. Und kannst nicht wie Rolf denken, immer nur an *Russen, Chinesen, Kommunisten* denken...

WSV! WSV! riefen die Plakate in der City.

4

Der Steinplatz voller Leute, die auf den Bürgersteigen und Fahrbahnen herumschlenderten oder locker in kleinen Gruppen standen. Der Rasen in der Mitte wurde nicht betreten. Von allen Seiten, von der Uhlandstraße, der Carmerstraße und der Hardenbergstraße kamen neue Studenten hinzu, paarweise, zu dritt oder einzeln, und suchten die ihnen bekannten Gesichter. Am Straßenrand parkte ein VW-Bus des Senders Freies Berlin, davor ein Reporter mit Mikrofon. Niemand eilte, niemand brüllte Schlagworte, man führte die mitgebrachten, auf Pappe geschriebenen Parolen vor. Verlegene Blicke auf den Gedenkstein für die Opfer des Nationalsozialismus, verlegene Blicke auf den für die Opfer des Stalinismus. Lachende Gesichter, freundliche Begrüßungen, schüchternes Warten auf ein Zeichen: Jetzt geht's los. Einige hundert Teilnehmer rückten zögernd zusammen und schienen noch nicht zu wissen, wie in wenigen Minuten ein Ereignis beginnen sollte, das den meisten neu war: Demonstration.

Auch Martin wußte es nicht. Er war kein Anhänger einer Gruppe oder einer Partei, er hatte sich von einem Flugblatt überzeugen lassen, er war mit Ellen am Zeitungskiosk verabredet. Zwei blaue Polizeiwagen vor dem Hoechst-Haus schreckten ihn nicht. Er schaute hin und her zwischen Gesichtern und Plakaten. *Frankreich ist gegen den USA-Krieg in Vietnam. Und Bonn?*, die Frage gefiel ihm besser als *Beginnt in Vietnam der 3. Weltkrieg?* Als ihm jemand ein Pappschild *Wie viele Kinder habt ihr heute ermordet?* aufdrängen wollte, ging er rasch weiter.

In der Mündung der Uhlandstraße, nicht weit vom Eingang zur *Vollen Pulle*, entdeckte er Ernst und Iris, er in schwarzer Lederjacke.

«Grüß dich», sagte Ernst, und noch ehe Martin die Wiegehtsdenn-Frage stellen konnte, hatte der Freund schon zu berichten: «Der Neuss ist auch da, da vorn.»

«Ich such Ellen, drüben am Kiosk», sagte Martin.

Ernst blieb einen Moment unschlüssig, ob er zu Neuss und den SDSlern gehen sollte, Iris aber drängte dahin, wo weniger Leute standen. Die beiden begleiteten ihn, sie gingen an den Schaukästen des Steinplatz-Kinos vorbei, *Julia, du bist zauberhaft* und *Tatis Schützenfest*. Zwischen dem Grau der Hauswände und dem Grau des Himmels hob sich auf dem Kioskdach das blaue Werbeschild mit der weißen Frakturschrift ab, *Frankfurter Allgemeine*.

Das gesuchte Lächeln, es kam näher, verschmitzt, verhalten, Ellen schien sich auf die Begegnung zu freuen und drehte ihm die Wange entgegen für einen Kuß. Das war französisch, das war nicht üblich in Berlin, das war ein gutes Zeichen. Sie trug ein helles Kopftuch, einen dunkelblauen Mantel und schwarze Stiefel. Sie sah eleganter und zugleich ländlicher aus als die meisten, die auf dem Steinplatz standen in billigen Anoraks oder grauen und schwarzen Mänteln. Ellen, du bist zauberhaft, sagte Martin nicht. Sie war nicht allein, sie hatte Rainer neben sich.

«Hab ihn noch mitgebracht, einer mehr», sagte Ellen und witterte mit spitzer Nase und vorsichtig tastendem Blick. Martin reichte Rainer, den er nicht leiden konnte, die Hand. Der wohnte nicht weit von ihr, studierte die gleichen Fächer und trug ein selbstgefälliges Grinsen im Gesicht. Er war lästig, aber kein Nebenbuhler, wie es schien. Ellen verheimlichte ihre Beziehung zu einem vierzigjährigen Schauspieler nicht, den sie Ricardo nannte und der einmal im Monat für ein paar Tage aus Frankfurt angereist kam. Trotzdem ließ sie Martins Werbung zu, sie trafen sich in Vorlesungen, zogen zusammen ins Kino, in Kneipen, und sie hatte nichts dagegen, daß er so tat, als sei sie seine Freundin. So bewahrte sie ihn vor der Schande, als der Versager vor den Frauen zu erscheinen, der er war. Und er bewahrte sie davor, von weiteren Verehrern belästigt zu werden. Bei jeder Begegnung aber hoffte er auf mehr, Zärtlichkeit, Umarmung, Erfolg. Rainer störte.

Auf dem Mittelstreifen neben den Straßenbahnschienen hielt ein einzelner junger Mann im Dufflecoat ein Pappschild hoch, *Studenten sollten STUDIEREN statt sich LÄCHERLICH zu machen*. Du solltest studieren, Rainer, statt dich lächerlich zu machen, dachte Martin. Was suchst du überhaupt hier? Hast du je einen politischen Gedanken geäußert? Hat Ellen dich überredet oder hast du dich aufgedrängt?

Pünktlich um 14 Uhr setzten sich die ersten in Bewegung. «Dreierreihen bitte», sagte ein freundlicher Polizist, und ein anderer: «Bitte in Dreierreihen zu demonstrieren.» Zur Begründung hieß es, der Verkehrsfluß zwischen Ernst-Reuter-Platz und Bahnhof Zoo dürfe nicht gestört werden, das sei die Auflage: nur eine Autospurbreite.

Alle fügten sich, zuerst die SDS-Studenten, unter ihnen der Kabarettist Neuss mit grauer Krawatte und weißem Hemd. Sie trugen einfache Pappschilder, die an einer Leiste befestigt waren: *Solidarität mit Kriegsgegnern in USA, Vietnam den Vietnamesen, 500000 Tote. Wie viele noch?* Dazwischen einige Studenten, die sich als Amerikaner zu erkennen gaben. Die Mitglieder der anderen Verbände, die zur Demonstration aufgerufen hatten, LSD, SHB, HU, wollten auch möglichst weit vorn laufen, hundert, zweihundert Leute zogen dichtgedrängt an Kiosk und Kino vorbei. Es folgten Kriegsdienstverweigerer, nicht mehr als ein Dutzend Leute, die sich um den Kreis mit dem umgekehrten Ypsilon scharten, und junge Christen unter einem weitgespannten Tuch, *Um ihre ‹Freiheit› zu erreichen, gehn ‹Christen› wieder über Leichen!*

Der Zug wurde länger als erwartet, da immer nur drei Menschen eine Reihe bildeten. «Da kommen die Opas von der SED, hinter denen lauf ich nicht», sagte Ernst ungeduldig. Die waren von weitem zu erkennen am flammendroten Spruchband *US-Eskalation bedroht den Weltfrieden* und aus der Nähe an ihren Hüten und verkniffenen Gesichtern. Diese Leute, die Westberliner

DDR-Anhänger, waren zu meiden, da waren sich alle einig, also drängten Ernst, Iris, Ellen, Rainer und Martin noch vor den Christen in den Demonstrationszug. Offenbar hatten viele Teilnehmer die gleiche Überlegung und schoben sich dazwischen, so daß der Abstand zu den SED-Leuten immer größer und beruhigender wurde.
Endlich in Bewegung, mußte man die Blicke auf die Vorderreihe lenken, um niemandem in die Hacken zu treten. Der stockende, langsame Beginn aller Laufbewegungen entsprach Martins Zögern. Er fühlte sich als Anfänger. Mit Rolf zu streiten war etwas anderes als sich öffentlich zu zeigen neben Plakaten wie *Wird der Mond kommunistisch? US-Truppen, auf zum Mond!* oder *Selbstbestimmung wenn alle tot sind?* Er war nicht gewohnt, mitten in einer Menge zu gehen. Nicht gewohnt, mitten auf der Fahrbahn zu gehen, erst recht nicht mitten in der City. Er war mittendrin und fühlte sich am falschen Platz. Unter den Sohlen knirschten Split und Steinchen, die schwarzen Schuhe wie Fremdkörper auf dem von den Januarfrösten bröckeligen Asphalt, die Schuhe unauffällig eingereiht zwischen den Schuhen vor ihm, den Schuhen neben ihm, den Schuhen hinter ihm, alle lässig trippelnd, schreitend.
Ellen links neben ihm, neben ihr Rainer, vor ihm Ernst, Iris und ein Bekannter der beiden. Rechts der Bürgersteig und parkende Wagen, links neben den Schienen auf der Straßenmitte war Platz für eine Spur Autos, die langsamer als sonst überholten. Martin lief nach fünf-

zig Metern schon entschlossener mit, machte es den andern nach und wunderte sich, daß er seine zwiespältigen Gefühle dabei nicht verlor. Dies sollte nun eine neue Form des Protests sein. Die Demonstration war angemeldet, es war erlaubt, sich so zu bewegen. Er war überzeugt, das Richtige zu tun, und doch hatte das Laufen auf der Hardenbergstraße etwas Irreales, Traumhaftes.

Fußgänger holten sich einen Teil der Straße zurück, ausnahmsweise wurden einmal die Autos an den Rand gedrängt, ein leises Gefühl einer ungewohnten Freiheit, einer unbekannten Kraft wanderte mit. Alles war harmlos und friedlich und doch unerhört und eine Auflehnung. Wer hier marschierte zwischen der Hochschule der Künste, Bürohäusern, Trümmerlükken, Banken und der Industrie- und Handelskammer, rüttelte angeblich an der deutsch-amerikanischen Freundschaft und trat gegen die mächtigste Regierung der Welt auf und gegen die Bundesregierung. Wer auf der Straße mitlief, scherte aus der Masse der Gehorsamen, Braven und Jasager aus. So einfach war das, genehmigt, geordnet, lächerlich.

Autos und Busse überholten, die Straßenbahn 55 zokkelte Richtung Spandau, nur der Verkehr aus den Querstraßen wurde von Polizisten in langen blauen Mänteln gestoppt. Einige Autofahrer in der Fasanenstraße warteten, ungeduldig, wütend mit abgeschalteten Motoren auf das Ende des Vorbeimarschs, und Martin gefiel es, daß die Männer vor der gesperrten Fahrbahn, die sie für ihren persönlichen Besitz zu halten schienen, wenigstens für Minuten auf den *schmutzigen Krieg* gestoßen wurden. Die schlimmste Störung des freien Nachmittags. Von weitem schimpfte ein Taxifahrer und reckte die Faust: «Geht erst mal arbeiten!», einige Demonstranten antworteten triumphierend mit Beifall.

Martins Ungehorsam war täppisch und ungeschliffen, er fühlte nichts Aufrührerisches, Kämpferisches. Die Bewegungen, die Gedanken, alles war beherrscht von der Frage: Ist das erlaubt, ist das richtig, was du hier tust? Er war nicht so frei, die in zwanzig Jahren Erziehung eingepflanzten Gebote, Verbote und Erwartungen Schritt für Schritt abzuschütteln und zu vergessen. Nach allem, was er widerstrebend gelernt hatte, gehörte es sich nicht, mitten auf der Fahrbahn zu laufen und den Verkehrsfluß zu stören, gehörte es sich noch weniger, für ein politisches Ziel auf die Straße zu gehen und eine kritische Meinung zu einem lästigen Krieg in die friedliche Berliner Innenstadt zu tragen und gegen *unsere Freunde und Beschützer* aufzutreten. Die hemmenden Erziehungsreste ließen sich nicht völlig aus dem Kopf räumen. Trotz des sich entwickelnden Eigensinns blieb er in den Netzen alter Verbote gefangen.
Wie die andern hielt er den Abstand zur Vorderreihe von ungefähr anderthalb Schrittlängen und beobachtete Ernsts Gang, der mit einem Bein kräftig ausschritt, mit dem anderen wieder zu bremsen schien, die Bewegungen seines Körpers ungeduldig und abgehackt.

Man hatte noch keine große Strecke zurückgelegt, und die Gesichter, sogar die von Ellen und Iris, sahen entspannter aus als anfangs, alle anderen schienen mutiger und lockerer als er.

In den ersten Reihen, weit vorn, waren die mit den festen Meinungen. Martin bewunderte sie, die Linken, die Sozialisten, weil sie gut informiert waren, gut reden konnten, sich vor Professoren, Rektoren, Politikern und Presseleuten nicht fürchteten und keinen Widerspruch zwischen Wort und Tat duldeten. Da sie stets auf demokratische Grundsätze pochten, wie John F. Kennedy es gepredigt hatte, und am besten zu wissen schienen, was zu tun sei, gab Martin ihnen seine Stimme bei den Wahlen zum Studentenparlament, las ihre Flugblätter und stimmte ihnen zu, wenn der Ton nicht zu radikal war. Aber er mied ihre Nähe, weil er in ihren Worten und Auftrittsgesten nichts Zögerndes, nichts Fragendes fand und nicht von ihnen überredet werden wollte. Er trug seine Ängste und Fragen mit, und selbst die Stilleren, Vorsichtigen hier in der Mitte, dachte er, sind bestimmt eindeutiger dabei als du. Vor dir die Kriegsdienstverweigerer, hinter dir die linken Christen, alle haben sie handliche Überzeugungen, die man in drei Sätze fassen kann. *Warum nicht gleich Cyklon-B-Medikamente nach Vietnam?!* hieß es auf einem Plakat, eine Anspielung auf die *humanitäre Hilfe* der Deutschen.

«Weißt du, wer das ist, der neben Ernst läuft?» fragte Martin. Ellen und Rainer wußten es nicht, Martin gab die Stichworte: Medizinstudent, durch einen Skandal

bekannt, weil seine Freundin nachts in seinem Zimmer des Studentenheims geblieben war, vom Hausmeister, der einen Nachschlüssel hatte, im Bett erwischt, der Student sofort gekündigt. Der hatte zu prozessieren versucht, keine Chance, Kuppeleiparagraph.
Ernst drehte sich um. «Die Geschichte gefällt dir, Buster.»
«Buster?» fragte Ellen.
«Hat dir dein Freund noch nicht erzählt, daß er jetzt Buster heißt?»
Martin berichtete in drei, vier Sätzen, wie er zu dem Spitznamen gekommen war. «Zuviel der Ehre!»

Der Zug kam ins Stocken, weil vorne die ersten in die Joachimstaler Straße einbogen. Nun war zu sehen, wie dicht die Reihen an der Spitze waren. Von der Bahnunterführung her hallten Sprechchöre: «Amis raus aus Vietnam!» Vor der Eingangsfront des Amerikahauses ein Dutzend Polizisten, breitbeinig mit langen Mänteln und weißen Mützen, Pistolen und Knüppel kaum erkennbar an der Hüfte, über ihnen ruhig am Mast im grauen Berliner Februarhimmel das gefältelte Sternenbanner. Die kräftigen Farben versteckt, Rotblauweiß, Sterne und Streifen, eine schöne Flagge, lebendiger als der starre Dreibalken Schwarzrotgold.
Die blaßrot und blaßblau gekachelte Fassade, der zweistöckige, leicht versetzte Kastenbau, die Schrift AMERIKA HAUS und die schlapp hängende Fahne. Vor ein paar Monaten hatte er hier einen Film gesehen, einen langen Film mit den ersten Fotos vom

Mond. Nun der ungewohnte Anblick von zehn Uniformmenschen vor dem Eingang. Martin schien es, als sei das Bild vor seinen Augen verdoppelt wie beim Schielen, als schiebe sich die Freund-Feind-Frage überall dazwischen. Plötzlich war kein naiver, neugieriger, dankbarer Blick auf das Haus mehr möglich, so wie jeder Gedanke an die USA und jede Begegnung mit US-Amerikanern immer komplizierter wurden. Kennedys Lächeln, das alles erleichtert hatte, verblaßte. Die Bomben, von der Regierung in Washington auf Menschen und Felder und Dörfer in Südvietnam und Nordvietnam befohlen, sprengten auch in Berlin in Gespräche und Diskussionen und zerschlugen nach und nach den Vorrat an Sympathie für die USA.

Vielleicht, dachte Martin, während sie weiterrückten, könnten die Berliner unsern Protestmarsch besser verstehen, wenn die Studenten aus den USA, die vorne mitliefen, das Sternenbanner als Beweis unseres *good will* in die Luft hielten. Oder wäre das eine zusätzliche Provokation? Ein Angriff auf das Schwarzweißbild, nach dem man entweder für die USA, den Krieg, die Freiheit, die Demokratie, die Flagge zu sein hatte – oder ein Gegner aller westlichen Werte.

«Wir sollten mit der Fahne demonstrieren», sagte Ernst. Martin stimmte zu und ärgerte sich, weil er den gleichen Gedanken nur aus Scheu vor einer möglichen Blamage nicht ausgesprochen hatte und weil wieder einmal Ernst mit seinen Einfällen angeben konnte. Ellen und Rainer lehnten die Idee ab, Iris hielt sich zu-

rück, und Ernst legte in schwungvollen Sätzen dar, daß das, was den amerikanischen Studenten erlaubt sei, auch für Berliner nicht verboten sein dürfte.
Martin ging es um etwas anderes, aber er fand keine Worte dafür. Auch wenn er die Fahne selbst nie getragen, geschwungen, verehrt hätte, vielleicht hätte er sich wohler und sicherer gefühlt, wenn er, im passenden Abstand, hinter ihr hergelaufen wäre und mehr als den Zuschauern sich selbst hätte demonstrieren können: Seht, die Fahne zeigt unsere Unschuld, seht, ich tu etwas Gutes, seht, es ist alles legal und im Sinn der Freiheit! Dabei sträubte sich alles in ihm dagegen, hinter Fahnen herzulaufen. Weniger als die Fahne selbst brauchte er den Gedanken an die Fahne, einen Beweis dafür, daß er unschuldig war oder sein wollte und etwas Richtiges und Einfaches tat, das auf eine komplizierte Weise die amerikanische Demokratie stützen sollte.
Ernst und Iris hielten sich an der Hand, Martin sah es mit Neid. Er wünschte, nur für eine halbe Minute, Ellens Hand, eine schlichte Berührung hätte gereicht. Aber die Freundin hatte auf die Buster-Geschichte nur den Satz gesagt «Buster gefällt mir». Sie schickte ihm wie gewöhnlich nur halb amüsierte, halb distanzierte Blicke zu. Sie scheute Berührungen, und Martin wußte auch jetzt nicht, ob dies allein aus Treue zu Ricardo geschah. Trotzdem hörte er nicht auf, als Hoffender neben ihr zu laufen, immer darauf gefaßt, den demütigenden Status als erster Reservist eines Tages zu verlieren. Die Zukunft, das wußte er, würde nicht gerade am

Sonnabend, dem 5. Februar 1966, beginnen. In der Gegenwart und neben Rainer durfte er die Geliebte allein mit Aufmerksamkeit beschenken. Jeder Versuch, sie auf den Mund oder die Schläfe zu küssen oder ihre Hand zu nehmen, würde nur ihren Unwillen wekken und den Tag der Erfüllung noch mehr hinausschieben.

So liefen sie nebeneinanderher wie Geschwister. Manche sahen sie als Paar, nur sie beide wußten, daß sie keines waren, wenigstens dieses Geheimnis teilten sie. Weil er sich nicht einzugestehen wagte, der unglücklichste Liebhaber unter tausend Demonstranten zu sein, und weil er unfähig war, Ellen zu gewinnen oder Franziska zu verfluchen, verkroch er sich in seiner Stummheit, lächelte zurück und dachte an den Krieg in Vietnam.

Unter den Gleisen der S-Bahn und Fernbahn, unter den Stahlträgern der weit über die Hardenbergstraße ragenden Bahnhofshalle, unter den breiten Buchstaben DUNLOP REIFEN wagten sie trotz der stimulierenden Akustik nicht, den Sprechchor der Leute aus den vorderen Reihen zu wiederholen, «Amis raus aus Vietnam!» Das war Ernst, Ellen, Martin zu radikal.

Räder einer Bahn schlugen und quietschten über den Köpfen, das metallische Geräusch erfaßte alle Stahlträger, Verstrebungen und Rohre, verteilte und verstärkte den Lärm, die Brücke bebte. Das Geräusch, das Berliner S-Bahn-Donnern, gehörte zu den Brücken und den Kneipen und Geschäften in den Bögen unter den Gleisen, gehörte zur Großstadt. Wenn es vorüber war, wurden die eigenen Stimmen lauter, der Hall größer, der Raum weiter. Martin hielt sich trotzdem nicht gern in diesem Halbtunnel auf, zwischen Friseur, Heine-Buchhandlung, Tabak auf der einen Seite und Geschäften für Juwelen und Lebensmittel auf der anderen, in der Mitte die stockenden, lauten, stinkenden Autos und die Straßenbahn. Lieber richtete er den Blick aus dem Brückendunkel heraus ins Helle zum alten und neuen Turm der Gedächtniskirche, und geradeaus zu den neuen Hochhäusern. Auf einem die Spiegelschrift: *Berlin bleibt doch Berlin.*

Immer mehr Zuschauer auf den Bürgersteigen. Langer Sonnabend, Winterschlußverkauf. Manche versuchten ein abfälliges Lachen gegen «die Studenten!», andere tippten sich an die Stirn, «nichts Besseres zu tun!», oder schüttelten die Köpfe und schlenderten weiter. Die meisten Passanten jedoch, die an diesem Sonnabend vielleicht nur noch auf die Überraschungen der Bundesligaergebnisse, der Lottozahlen und der Kulenkampff-Sendung warteten, schauten mit verhaltener Neugier zu, für sie schien der ungewohnte Aufmarsch den Einkaufsnachmittag eher zu beleben als zu stören. Die Werbebotschaft am Bahnhof Zoo, *Persil bleibt Persil,* die kannte man, aber *Vietnam den Vietnamesen!,* das war neu. Unter dem Funkturm Grüne Woche, im Olympiastadion Tasmania gegen den HSV, langer Sonnabend in der City, und vor dem Zoo wurde eine Attraktion geboten: eine kuriose Ansammlung junger Leute, manche mit Krawatten und

weißen Hemden, viele Brillenträger, mit Pappschildern mitten auf der Straße, und über den Köpfen das politische Fremdwort, Feindwort Vietnam.
Gäste bei *Aschinger,* die im Stehen ihre Suppe löffelten, schauten durch die Glasfront, zwei Männer traten mit ihrem Bierglas vor die Eingangstür am Eck. Ernst rief ihnen ein freundliches «Prost!» zu, jemand in der Reihe hinter Martin: «Schieb mal rüber, die Molle!» Die Männer grinsten zurück.
Ein Kellner kam mit einem Teller voll winziger Brötchen heraus, die es drinnen zur Erbsensuppe gratis gab, und warf sie einzeln mit Schwung unter die Demonstranten. Arme reckten sich, die meisten Brötchen wurden geschickt aufgefangen, Lachen auf allen Seiten, ein kurzes Spiel, das allen gefiel.
Vor dem *Größten Teppichhaus der Welt* in der Joachimstaler Straße schrie eine Frau: «Geht doch nach Ostberlin demonstrieren!»
«Da dürfen wir nicht!» rief der Student hinter Martin.
«Ebend», schrie sie und spuckte, «und hier macht ihrs!»
«Ja, hier dürfen wir!»
Ob die Passanten ablehnend oder zustimmend reagierten oder nur neugierig stehenblieben, auf die Demonstranten wirkte alles wie eine Belohnung: sie wurden beachtet. Martin bildete sich nicht ein, daß die Leute von den Plakaten und Forderungen beeindruckt werden und ihre Meinung ändern könnten. Darauf kam es vielleicht gar nicht an. Der Protestmarsch hatte einen anderen Sinn. Die Zuschauer brauchten die Demon-

stranten und die Demonstranten die Zuschauer. Erst die Blicke von außen schmolzen den bunten Haufen der Protestierer zu dem zusammen, was sie nicht waren: eine einheitliche Gruppe.

Martin wußte nicht, ob jemals so viele Augen auf ihn geschaut hatten. Das Angenehme war, daß keiner ihn als Person sah oder ihn meinte, er war Teil dieser langsam laufenden Menge und geschützt in ihr. Durch die Blicke der Zuschauer ringsum wurde er zu einem Demonstranten wie die anderen auch, endlich konnte er seine innere Zögerlichkeit ablegen. Es gefiel ihm, versteckt und gleichzeitig beteiligt zu sein.

Neben *Leineweber,* kurz vor der Kantstraße, meinte er Rainers Hand bei Ellen zu sehen, ihr abwärts gestreckter linker Zeigefinger zuckte von seiner Hand weg. Vielleicht eine zufällige Berührung, vielleicht auch nicht. In Rainers Gesicht ein Anflug von Zufriedenheit oder doch nur sein übliches Grinsen. Von der Seite her, Ellen zwischen ihnen, konnte Martin die Ursache des veränderten Lächelns nicht erschließen. Ellen hatte ihm versichert, daß Rainer bei ihr keine Chancen habe. Trotzdem durfte er die beiden nicht aus den Augen lassen, die beiden waren wichtiger als die Zuschauer. Er hielt sich einen halben Schritt zurück, tänzelte wieder etwas vor, bewegte sich lockerer im Takt seiner Eifersucht, dem Kranzlereck entgegen.

5

In Dreierreihen, ordentlich, wie die Polizei es wünschte, bogen die Demonstranten nach rechts in den Kurfürstendamm ein. Das Staunen in den vielen Augenpaaren, die von den Bürgersteigen, aus langsam fahrenden Doppeldeckerbussen oder dem *Café Kranzler* auf die Straßenläufer und ihre Schilder starrten, war eine Anerkennung. Martin fühlte sich geschmeichelt und schickte seinerseits, wie die Freunde neben ihm, abschätzige Blicke auf die Gesichter hinter den spiegelnden Fenstern des Cafés. Blicke von zwei Fronten, Blicke wie Mauern. Ein Vorurteil, das man sich mit Vergnügen leistete: In diesem Kuchentempel versammeln sich außer den Touristen die Oberberliner, die sich im Herzen der Stadt wähnen wollen und auf den Autoverkehr, die *Graetz*-Leuchtschrift und auf die Polizeikanzel gegenüber wie auf ein Weltwunder glotzen. Martin hatte das *Kranzler* nie betreten, es genügte die Assoziation Kranzler-Kanzler-Erhard-Zufriedenheit-vollgefressen-*Maßhalten!*, ihm genügten gelegentliche Blicke durch die Fenster. Man müßte ihnen die fettigen Torten an die Köpfe werfen, hatte Robert einmal gesagt, jede Dame, jeder Herr am Tisch mit einer von der Stirn abwärts fließenden Torte.

In den Fensterscheiben spiegelte sich alles: Die kahlen Bäume, die Zuschauer und davor die langsam vorbei-

marschierenden Gestalten, und je nach dem Fall der Schatten und dem Wechsel aus den Lichtern des Cafés und dem winterlichen Graulicht des Nachmittags tauchten zwischen den Spiegelbildern die Gesichter der Kaffeetrinker im Hintergrund auf. Sie ließen sich nicht stören, sie wurden unterhalten, die Welten blieben getrennt. *Wie viele Kinder habt ihr heute ermordet?*
Martin ging lieber nebenan ins *Zuntz*, das Café im ersten Stock mit Terrasse, wo Langhaarige neben Persianerdamen, Künstler neben Studenten und viele junge Mädchen saßen, da durfte man sogar Kaffee in Tassen, da mußte man nicht Kännchen bestellen. Von unten war nicht zu erkennen, mit welchen Blicken die Gäste dort oben auf die Demonstranten herabschauten.
Der Kurfürstendamm, *das Schaufenster des Freien Westens*, der Boulevard zum Vorzeigen, die Einkaufsmeile: ein schwieriges, majestätisches Gelände. Für Studenten zu teuer und zu vornehm, Juweliere, Pelzgeschäfte, Edelkonfektion, bessere Restaurants und Hotels. Auf die offen ausgestellten Luxusgüter war Martin nicht neugierig, wenn er an den Vitrinen und Schaufenstern vorbeilief zur Buchhandlung oder ins Forumtheater. Er wünschte diese Gegenstände nicht, sie schüchterten ihn schon wegen ihrer Preise ein. Die Aura des Luxus wurde von Touristen und Kudammberlinern bestaunt, der Student sah, wenn er hinsah, nur seine Meinung bestätigt, daß es ungerecht zuging auf der Welt. Nun, in Gesellschaft vieler Leute, die von vierhundert Mark im Monat lebten, spürte er die

Genugtuung, an den reich ausgestatteten Schaufenstern vorbeizuspringen und die Passanten von den Geschäften und Vitrinen abzulenken mit der ganz anderen Wirklichkeit, Vietnam.

Mary Poppins in der Filmbühne Wien, davor standen sechs, acht Gegendemonstranten vom RCDS, Burschenschaftler, die man kannte, weil sie bei jeder Gelegenheit Krawall machten gegen den SDS und den SHB. «USA schützt auch Berlin!» riefen sie, «Es lebe L. B. Johnson» und «Studenten sollen studieren, nicht sich blamieren!»

«Das sind sie wieder, meine speziellen Freunde», sagte Iris, «die geschniegelten Schreihälse aus meiner Fakultät, Wohlrabe, Diepgen, Schandowsky», und rief laut zu denen hinüber: «Studiert doch selber, ihr Schläger!»

«Ich hab fertig studiert!» schrie einer zurück.

«Dann geh arbeiten!»

Martin bewunderte Iris für ihre Schnauze.

Soldaten der US-Army, offenbar beim Einkaufsbummel, mußten sich den Sprechchor der Kriegsdienstgegner anhören, «Amis raus aus Vietnam». Sie schüttelten die Köpfe und zogen weiter. Deutsche Passanten antworteten: «Macht, daß ihr in den Osten kommt! Ab nach Rußland mit euch!» Aus den Reihen der Christen wurde gekontert: «Freie Wahlen – auch in Vietnam», «Freie Wahlen im Osten – und in Vietnam.»

Viele Bauern waren in der Stadt, Grüne Woche, Lodenmäntel auf dem Kudamm, breite Gesichter mit rosiger Haut unter grünen Hüten. Was wäre, dachte

Martin, wenn Bauern aus deinem Dorf dich hier sähen, sie würden dich so schnell nicht erkennen, du würdest sie auch nur auf ihren Treckern, in ihren Ställen oder im Wirtshaus erkennen, aber wenn doch? Zehn Jahre hast du ihren Aufmärschen zugeschaut, den Trauerzügen, Hochzeitszügen, Kirmesumzügen, den Sängerfesten mit Standarten, Pauken und *Ständchen,* feierliche Ereignisse, auch jetzt ist es irgendwie feierlich, jetzt sollen sie mal am Straßenrand stehen und dir einmal zuschauen und ein neues Wort buchstabieren lernen: Vietnam.
An der Ecke Fasanenstraße, in der gerundeten Glasterrasse des *Kempinski,* staunten die Leute nicht anders als bei *Kranzler.* Aus einem Fenster aber, ein Stockwerk darüber, winkten die Köche des Hotels. Immer mehr Demonstranten winkten zurück, lachende Mienen.

Hotel Café Bristol, eine Gelegenheit, sich bei der Freundin wieder ins Spiel zu bringen. Martin deutete hinüber.
«Da fällt mir Bäcker ein.»
«Keiner spricht kecker als Professor Bäcker!» Sie lachte.
«Stell dir vor, er sitzt jetzt da und sieht uns.»
«Stell dir vor, er säße jetzt da und sähe uns. Konjunktiv! Er wäre dagegen», meinte Ellen.
«Ja, weil wir den Nachmittag vertrödeln, statt den Briefwechsel zwischen Goethe und Schiller zu lesen.»

«Goethe und Schiller können warten.»
Martin freute sich, vor Rainer mit dem berühmten Bäcker prahlen zu können und suchte das Gespräch zu verlängern.
«Ein Alleswisser, autoritär. Ich mochte ihn trotzdem.»
«Man versteht ihn wenigstens, anders als Szondi.»
«Ihr wart hier mit Bäcker?» fragte Rainer.
«Ja, einen ganzen Abend.»
«Aber der Abend ging irgendwie daneben.»
«Er war komisch... oder sauer.»
«Weil er lieber allein mit dir...»
«Vielleicht, weil er nicht mit dir gerechnet hatte», sagte Martin mehr zu Rainer als zu Ellen. «Ich fühlte mich geehrt, Bäcker lädt mich zum Abendessen ein nach der letzten Seminarstunde, bevor er wieder aus Berlin abhaut. Und ich wollte dir imponieren, ich wollte mir dir... ich meine, ... dich mochte er doch auch.»
«Ja, aber ich hab gestört», sagte sie.
«Als er um zehn plötzlich aufsprang, zahlte und in einem Taxi verschwand, ahnte ich sowas. Bis dahin hab ich gedacht, er sei sauer, weil er ein Abendessen und einen Wein mehr bezahlen mußte.»
«Er hat sich beherrscht, äußerlich ganz ruhig. Er sieht wirklich wie ein Bäckermeister aus, auch im Sitzen. Und hat geredet wie immer, er läßt einen sowieso ja kaum zu Wort kommen.»
«Bei Leuten wie ihm stört mich das nicht.»
«Stimmt», sagte Ellen.

«Aber warum ärgert er sich so schnell?»
Alles stockte, Köpfe reckten sich, die Fahrbahn voll Menschen, auch auf der zweiten Fahrbahn kamen die Autos nicht weiter. Manche Demonstranten liefen auf dem Bürgersteig oder auf dem Mittelstreifen weiter nach vorn, auf der Kreuzung Uhlandstraße gab es Unruhe, eine Störung. Bald hatte es sich zur Mitte hin durchgesprochen: Vorne, auf der Kreuzung vor der Maison de France hätten sich einige einfach auf die Straße gesetzt, um den Verkehr zu blockieren und die Freilassung der festgenommenen Studenten zu fordern.
Rainer wußte Bescheid, er hatte den *Tagesspiegel* genau gelesen: Fünf Studenten hatten in der Nacht zum Freitag nicht genehmigte Plakate gegen den Vietnamkrieg geklebt, waren geschnappt worden, «eine Gruppe von vorwiegend aus Westdeutschland stammenden Studenten».
«Wie wir», sagte Martin.
Mithilfe beim Mord durch Napalmbomben und Giftgas hatten sie Bundeskanzler Erhard vorgeworfen, deshalb mußten sie mit einer Anklage wegen Verächtlichmachung der Alliierten und der Bundesrepublik rechnen. Man vermutete rotchinesische Hintermänner, weil der Text von einer Internationalen Befreiungsfront unterzeichnet war. Die linken Studentenverbände hätten sich bereits entschieden distanziert.
«Aber jetzt sitzen sie auf der Straße für die», sagte Ellen trocken.
«Weil die fünf sitzen», warf Rainer ein.

Rundherum waren die Leute ratlos, es ging nicht vorwärts, und niemand wußte, ob man sich früher oder später ebenfalls hinsetzen sollte. Martin und seine Freunde standen zwischen der Disconto Bank und der Buchhandlung Marga Schoeller fest. Die Sitzenden konnte man nicht sehen, zu viele Menschen umringten sie. Einer stellte sich auf das Geländer des U-Bahn-Eingangs, auch er konnte keinen genaueren Bericht geben. Das neue Wort *Sitzstreik* machte die Runde.
«Sit-in sagt man in den USA», wußte Ernst.
«Sitzstreik ist besser», sagte Ellen, «wir müssen doch nicht alles aus den USA importieren.»
Langer Sonnabend, auch die Buchhandlung war geöffnet, Martin hätte jetzt ausscheren und Franziska besuchen können. Doch zu frisch war die Wut auf sie, die ihn wieder in Ellens Nähe getrieben hatte, er wollte sich von keinem ihrer Bücher, keiner Freundlichkeit, keiner Entschuldigung für den verunglückten Abend umstimmen lassen. Er hoffte, daß Franziska hinten im Laden beschäftigt war. Er wollte von ihr nicht gesehen werden, suchte Abstand und drängte Ellen, Rainer und Ernst zur Mitte des Kurfürstendamms. Aber die Freunde wurden von den ausgestellten Büchern angezogen und freuten sich, nebenbei den Blick auf ein paar Neuerscheinungen zu werfen.
«Komm, wir besuchen Franziska», schlug Ellen vor. «Nein!» sagte er heftig. Ellen gehorchte. Er fühlte sich eingezwängt in der hoffnungslosen Alternative Franziska–Ellen. Ihm war unwohl, er überlegte, was er tun würde, wenn alle andern sich auf die Straße setzten.

Stehen bleiben, der Feigling, Mitmachen, auch Feigling? Der Asphalt war trocken, um Hose und Mantel brauchte er nicht zu fürchten, doch der Gedanke gefiel ihm nicht, mitten auf dem Boulevard auf dem eigenen Hintern zu sitzen, noch dazu vor Franziskas Augen. Er lernte gerade, aufrecht und im Laufen eine Überzeugung öffentlich zu vertreten, und nun sollte er noch weitergehen und sich hinhocken, um einige Busse und Volkswagen aufzuhalten und die Polizei zu provozieren, das ging ihm zu schnell, das war ihm zu viel Aufruhr auf einmal. Niemand in der Nähe setzte sich, er hatte Glück.

Sprechchöre von der Kreuzung her, «Freie Wahlen – auch in Vietnam», «Frieden statt Lügen!», «Laßt die Studenten frei!» Nur die Sitzstreiker und die aus den vorderen Reihen schienen noch zu lauten Sprüchen fähig. Die meisten Teilnehmer stimmten nicht mit ein, wirkten irritiert durch die Unterbrechung, warteten geduldig und verhielten sich wie Zuschauer ihrer eigenen Demonstration. Über der turbulenten Szene warben blaue und rote Buchstaben des Cinema Paris für den Film *Adel verpflichtet*.

Nicht einmal Ernst wußte, was er von der Situation halten sollte. Er wirkte ungeduldig, wie immer, wenn er nicht Subjekt des Geschehens war.

«So langsam komm ich mir hier blöd vor. Die sollen mal weitergehn da vorne. Außerdem hab ich Hunger.»

Hupen und Sprechchöre auf der Kreuzung, endlich konnte Martin die Freunde von den Schaufenstern der

Buchhandlung weglocken. Alle Aufmerksamkeit war auf die gerichtet, die vorne waren oder vorne sein mußten, beim Laufen, beim Schreien und nun beim Sitzen. Vielleicht fünf oder acht Minuten hockten sie nun schon da, umringt von anderen Teilnehmern, Zuschauern und Journalisten. Es war nicht mehr zu unterscheiden, wer zu den Demonstranten, wer zu den Passanten und wer zu den professionellen Beobachtern gehörte, so viele scharten sich um die Sensation: Ein Haufen Leute setzt sich frech auf die Straße, schreit Forderungen heraus und blockiert den Verkehr, das war etwas Neues in Berlin. Nun rückten Polizisten an und vervollständigten das Bild. Laute Protestrufe, Pfiffe, aber es sah nicht nach einer großen Prügelei aus oder nach *Widerstand gegen die Staatsgewalt*.

Die Sitzstreiker erhoben sich, endlich wieder Bewegung, der Zug ordnete sich neu. Neben Martin ein bärtiger Mann mit dem Schild *Ein Freund der USA ist heute ihr Kritiker.*

«Jetzt kapier ich, Maison de France», sagte Ernst, «die Franzosen haben zehn Jahre lang in Vietnam gekämpft, alles umsonst, und in Bien Phu ihre große Niederlage erlebt...»

An der Kreuzung bogen sie im spitzen Winkel nach rechts in die Uhlandstraße ein, und während Ernst über Dien Bien Phu dozierte, landeten Martins Gedanken weit weg von Vietnam in einer Szene unter Bäumen in dem Film, den er im Cinema Paris zwei

Wochen zuvor mit Franziska gesehen hatte, *Julia und die Geister*.

Er fragte Ellen, nein, sie hatte *Julia* verpaßt. Martin wollte von dem Film erzählen und mit Julia beginnen, Julia mit ihrem langweiligen Leben in der Villa und dem Mann, der sie betrügt. Aber er wußte nicht, wie er das ausdrücken sollte zwischen den farblosen Neubauten der Uhlandstraße gegenüber einer Frau, die ihn ganz ehrlich abwies wegen ihres Liebhabers Ricardo und von deren Treue er sich ebenso betrogen wie angezogen fühlte.

Das Bild der Giulietta Masina im blühenden Garten vor sattgrünen Bäumen, das Bild war stärker als die Story, und er dachte, von dieser Szene her den Film nacherzählen zu können. Aber er fand für das schlichte Bild die passenden Worte nicht. Vielleicht war der Film gar nicht erzählbar. Vielleicht hatte er den Film mit den vielen grotesken Szenen nicht verstanden. Unzufrieden hatte er das Kino verlassen, die Darstellung der bürgerlichen Langeweile war ihm langweilig erschienen, bis Franziska ihn aufklärte, daß Fellini kritisch-ironisch die Fassaden zeigte, hinter denen nichts so war, wie es auf den ersten Blick schien. Die Welt der Geister und Séancen war ihm fremder als alles andere, aber da er nicht nur von Franziska, die für alle Verrücktheiten empfänglich war, Begeisterung über den Film hörte, hatte sich Martin der allgemeinen Zustimmung angeschlossen, hatte eine Meinung, aber unter dem Gewicht dieser Meinung waren ihm die Eindrücke, die Erinnerungen an einzelne Szenen abhan-

den gekommen. Im übrigen war es völlig unwichtig, was er, der stumme Student, der linkische Demonstrant, der hilflos Verliebte über Fellini sagte oder dachte.
Nur das Grün des Films sah er vor sich wie einen Hoffnungsstreifen, er liebte dieses Grün, das Kindheitsgrün, doch das vieldeutige Farbbild brachte ihn auch nicht zum Reden, er konnte den Satz nicht sagen: Das Grün, die Bäume, das war das Beste an dem Film. Selbst wenn er das schneidig pointiert über die Lippen gebracht hätte, Ellen, der es auf Handlung und Groteskes ankam, hätte er damit nicht beeindrucken können, und vor Ernst, der jetzt neben ihm lief, einem Meister im Nacherzählen von Büchern und Filmen, hätte er sich mit einer solchen Bemerkung blamiert.
Vorne verstummten die Sprechchöre, nur wenige Zuschauer rechts und links. Die Vorschrift, in Dreierreihen zu laufen, war vergessen, die Demonstranten beherrschten die ganze Breite der Fahrbahn. Es schien so, als hätten sich viele eben erst angeschlossen und eingereiht, andere liefen mit einigem Abstand auf den beiden Bürgersteigen mit. *Herr Johnson läßt Menschen ausrotten wie Läuse und Motten, Wildwest in Fernost?*, immer noch tauchten neue Plakatsprüche auf.
Ellen lächelte, Rainer schwieg, Iris redete mit einem Kommilitonen, Ernst sprach mit dem Mediziner über Hirnforschung, Martin hörte halb zu und war unzufrieden mit sich. Die Unfähigkeit zu sprechen und zu erzählen, dachte er, ist vielleicht der wahre Grund, weshalb du bei Ellen scheiterst, du erreichst sie nicht

einmal mit deinen Worten, du schmückst zuwenig, du phantasierst zuwenig, du redest zu ängstlich. Deine Sprache ist ärmlich, dünn, du hast keine Sprache, wirst immer der Stumme bleiben. Schaffst es nicht einmal, ihr drei interessante Sätze zu einem Film zu sagen, zu einem Fellini!

Ellen nahm das Kopftuch ab, er schaute auf ihr Profil, die freche Nasenspitze, die hohe Stirn, das fließende Haar. Denk nicht immer an die Eroberung! Besser zwei unnahbare Geliebte als eine unnahbare Geliebte. Besser eine unnahbare Geliebte als keine Geliebte. Selbst in ihren Zurückweisungen liegt noch ein liebevoller Ton, getragen von einer verführerischen Stimme. Stell dir Ellen ohne Körper vor, vergiß ihren Körper, sie hat eine gläserne Zärtlichkeit, sie will deinen Körper nicht, nimm ihre Stimme!

Martin sprach das Thema Mittelhochdeutsch an, Abschlußklausur kommenden Freitag, für die sie zu lernen hatten. Ellen beherrschte das besser, Primärberührungseffekt, Ablautreihen, Präterito-Präsentia und die lebenswichtige Frage, wann der Konsonant k inlautend zwischen Vokalen zur Doppelspirans hh, altsächsisch riki zu althochdeutsch rihhi, und nach langem Vokal vereinfacht wird zu h. Sie verabredeten ein Treffen für Mittwoch.

Warum mußt du dir das einbleuen, wo doch neue Regeln und Wörter gelernt werden wollen wie *Intervention, Aggression, Eskalation, Expansion*, die aus Zeitungen und Flugblättern dir zufliegen und in alle Gespräche platzen und beherrscht werden wollen,

Hauptwörter wie *Domino-Theorie, Napalm, Genozid, Agent Orange, Body Count, verbrannte Erde*, dazu die neuen Verben auf -ieren, *ausdiskutieren, solidarisieren, koordinieren, kontaktieren*. Auch die neuen Wörter sind nicht deine Wörter, sie sperren sich, passen nicht zu den Wörtern, die du vorziehst, trotzdem helfen sie, wenigstens sprachlich auf das kriegerische Geschehen zu reagieren. Wie weit mußt du dich einlassen auf die extreme Vergangenheit des 12. Jahrhunderts, wie weit auf die extreme Gegenwart des Jahres 1966, wo bleibst du dazwischen, welche Spanne hältst du aus, wie kannst du atmen zwischen Napalm und der III. Ablautreihe, Genozid und Dental-Suffix, Monopolen und Monophthongierung, mußt die alte Sprache beherrschen, mußt die neue Sprache beherrschen, darfst dich von diesen Sprachen nicht beherrschen lassen, von keiner Sprache beherrschen, nicht von der Sprache der Wissenschaft, nicht von der Sprache der Politik.

Das hätte er, wenn er mutiger gewesen wäre, gern mit Ellen und Ernst diskutiert.

Gespräche kamen nicht mehr auf, jeder wollte ans Ziel, zum Steinplatz. Nach dem Höhepunkt auf dem Kudamm trottete man durch die trostlose Uhlandstraße fast ohne Passanten, fast ohne Reaktionen, da verlor das Demonstrieren seinen Sinn. Die Bahnbrücke vor Augen, fielen in Martins Kopf die Bilder aus *Julia und die Geister* mit Kriegsbildern zusammen. Alles ein Tänzeln, der Film und seine Schnitte, die Bomben, die fallenden, purzelnden, tänzelnden Bomben in der Luft vor der Explosion, Ellens tänzelndes, abwei-

sendes Lächeln, Ernsts tänzelndes Reden, alles in leichter, selbstverständlicher, rhythmischer Bewegung.
Seid schlau, lernt beim Bau. Arbeiter im ersten Stock eines Neubaus hielten das bekannte Plakat ihrer Branche aus einem Fenster und prosteten herunter.
«Kein Maurer nach Vietnam», antworteten einfallsreiche Leute aus der Menge.

«Kommt ihr mit in die *Paris Bar?*» fragte Ernst, bevor die Kantstraße überquert wurde, «wir haben noch nichts zu Mittag gegessen, ich brauch jetzt mindestens ein Steak minute.»
Martin schaute auf Ellen. «Nein, die paar Schritte mach ich noch.»
Für Ernst war die Attraktion schon vorbei, die zehn Minuten hätte er auf sein kleines Steak mit Pommes frites noch warten können, dachte Martin. Aber Warten war Ernsts Stärke nicht, er mußte seine Wünsche immer sofort erfüllen, seine Ideen sofort umsetzen und von einer Beschäftigung zur nächsten jagen. Wie einst vor dem Ende des Gottesdienstes, wie heute im Theater oder in der Vorlesung wäre es Martin ungehörig vorgekommen, sich nun vor dem Ende der Demonstration davonzustehlen. Nur wenn Ellen gesagt hätte: Komm, Martin, komm mit!, hätte er seinen inneren Gehorsam besiegen können.
Endlich stellte er die Frage, was Ellen vorhabe, jetzt oder am Abend. Mit ablehnendem Lächeln, als sei sie auf solchen Angriff vorbereitet gewesen, sagte sie, für eine Französisch-Klausur am Montag habe sie drin-

gend zu arbeiten. Sehr still war es zwischen den Häusern, nur das Knirschen der Sohlen auf dem Asphalt. Auf den Balkonen wenige reglose Zuschauer. Martin konnte nichts erwidern, gegen Klausuren am Ende des Semesters gab es kein Argument, auch er hatte viel zu tun. Ellen hatte bestätigt, was er erwartet hatte. Es war alles in Ordnung, es war wie immer, aussichtslos. Auch das gemeinsame Demonstrieren für Frieden und Verständigung hatte keine Annäherung erbracht.

Am Steinplatz rückten alle noch einmal zu einem Haufen zusammen, mehr Menschen als beim Beginn. Einer vom SDS wiederholte durch ein Megaphon die Forderungen, für die man eine dreiviertel Stunde lang durch die Straßen marschiert war. «Vergessen Sie nicht unsere Unterschriftenaktion!»

Ellen bog mit Rainer ab zum Ernst-Reuter-Platz. Der hat es gut, der wohnt ein paar Häuser neben ihr, das hat er nicht verdient!

Aus dem Polizeilautsprecher die Stimme eines höflichen Wachtmeisters: «Wir danken Ihnen für die ruhige, eindrucksvolle Demonstration. Nunmehr ist sie beendet. Bitte, legen Sie die Schilder ab. Auf Wiedersehen!»

6 Martin wandte sich Richtung Zoo. Immer noch Zeit, zur zweiten Halbzeit ins Olympiastadion zu fahren. Aber wie läppisch war Tasmania gegen den HSV verglichen mit seinem Kampf um Ellen, dem ewigen Unentschieden, der berechenbaren Niederlage. Was die Siege von Uwe Seeler gegen die Siege der Ledernacken im vietnamesischen Dschungel.

Tatis Schützenfest, die Komiker sind unterwegs. Lach mal wieder. Etwas mußte sich ändern, aber was konnte sich ändern. Buster unterwegs, und keine Kamera lief. Buster ohne Zuschauer ist kein Buster. Du bist nicht Buster, weil du Buster nicht spielen kannst, weil du Buster bist. Endlich kapiert? Buster ist tot, Opas Kino tot. Er war sich selbst im Weg, er war im Weg, mitten auf dem Bürgersteig der Hardenbergstraße. Angerempelt wurde er und sah sich in eine Gruppe von Demonstranten gestoßen, die im Laufschritt die Parole ausgaben: «Zum Amerikahaus!» Drängende, eifrige Töne. Er begriff die Aufforderung nicht, das Amerikahaus lag auf dem Weg zum Bahnhof Zoo, wohin sowieso die meisten Leute liefen. Warum wieder dahin, wo man vorhin erst gewesen war. Warum noch eine zweite Runde, es war alles gesagt, es war alles getan, die Transparente waren eingerollt und abgelegt, jetzt mußte das Referat *Über die Titel von Anthologien* fertig werden.

Mitten in der allgemeinen Bewegung beschleunigte er seinen Gang, wollte sich von der Schnelligkeit der andern aber nicht mitreißen lassen. Zum Amerikahaus waren es keine fünf Minuten. Weshalb die Eile, der schnelle Trab, nur um eine Minute früher dort zu sein. Er war zwischen die Spitzenleute geraten, die ihn überholten: die aus den ersten Reihen, die mit den lauten Stimmen, entschlossenen Gesichtern, raschen Gesten, längerem Haar.

Zwei Studenten, die er aus der FU als Redner kannte, hasteten vorbei, einer Hand in Hand mit einem auffälligen Mädchen. Im Laufen richtete sie ihre aufgeregte Stimme gegen Martin: «Zum Amerikahaus, Sitzstreik!» und fixierte ihn einen Moment. Was für eine Schöne! Sie drehte ab, stürmte weiter, er stand verwirrt, weil sie, obwohl sie alle gemeint hatte, gerade ihn angeschaut und ihn, vielleicht den Ängstlichsten weit und breit, als möglichen Sitzstreiker angesprochen hatte. Eine schwarzhaarige Frau mit einem Blitzen in den Augen, das in dieser einen Sekunde mehr Feuer verriet als alle milden blonden Blicke von Ellen und Franziska zusammen. Das Wilde erschreckte ihn. Verführung, die nicht ihm galt, Radikalität, die nicht seine war. Er ließ sich nicht mitreißen, blieb im normalen Lauftempo und wartete an der Ecke Fasanenstraße das Fußgängergrün ab, während andere bei Rot hinüberrannten.

Gedränge vor dem Amerikahaus, Demonstranten in lockeren Gruppen, aber kein Sitzstreik, ein Dutzend weißer Polizeimützen, die Mützen signalisierten Gefahr, Konflikt, Gummiknüppel. Martin näherte sich vorsichtig. Laute Rufe: «Wir wollen diskutieren, diskutieren!» Die Zusammenballung von gut hundert Menschen vor und neben dem Amerikahaus zog ihn an, machte angst und zog an. Er wußte nicht, ob es eher die Angst war vor den Schutzpolizisten in ihren langen Mänteln oder die Angst vor den Studenten, die mit ihm demonstriert hatten und nun etwas Ungeplantes anzettelten und ihn vielleicht zu etwas nötigten, was ihn in Konflikte bringen könnte. Er wollte lieber Zuschauer sein und wich der Menge aus, ging über den Fahrdamm, über die Straßenbahnschienen auf die andere Seite der Hardenbergstraße.

Zuschauer sein: zwischen anderen Zuschauern, Passanten oder Leuten, die vorher mitdemonstriert hatten, im Rücken das Gemäuer des Bahnhofs Zoo, den Tabakladen Palm, Einmündung Jebenstraße, wenige Schritte Fluchtweg zur S-Bahn, U-Bahn und zu den Bussen, nebendran grauschwarze Steinquader des Bundesverwaltungsgerichts hinter hohem schwarzem Eisenzaungeflecht. Den Blick, unterbrochen und geschmälert von fahrenden Autos, geradeaus auf die Menge, auf den Kastenbau AMERIKA HAUS, auf den Fahnenmast mit dem schlapp hängenden Sternenbanner rechts vor dem Eingang, auf eine große Fichte daneben, die wie der letzte Berliner Weihnachtsbaum aussah, im Januar beim Abräumen vergessen. Die Fassade mit blaßroten und blauen Streifen verziert, strenge rechteckige Muster kühler Steine.

Vor dem Haus ein Polizeiwagen mit aufmontierten Lautsprechern. Demonstranten standen in kleinen Gruppen herum, Rufe drangen herüber, «Wir wollen diskutieren, diskutieren!» Auf beiden Fahrbahnen rollte weiter der Verkehr, kein Stau, keine Umleitungen, ein Bus mit dem Werbeschriftzug am Oberdeck *Karina – Berlins beliebte Schokolade* fuhr durch die Szene.

Da öffneten sich die Glastüren des Hauses, die vordersten Studenten, eher friedlich und respektvoll als stürmisch in ihrem Gehabe, wurden eingelassen, offenbar war die Bitte um eine Diskussion erhört worden. Die Amerikaner waren, man wußte es, man hoffte es, man hatte das von ihnen gelernt, diskussionsfreudige Herren, die nicht so hysterisch reagierten wie Berliner Passanten. Dreißig oder vierzig Leuten gelang es, in das Haus zu kommen, dann wurden die Türen von innen geschlossen.

Doch die andern drängten nach. Geschiebe, neue Rufe: «Diskutieren!» Ein Bus, der zum Stehen kam, unterbrach einen Augenblick die Sicht, *Ich soll Sie schön grüßen von Möbel Hübner*, und fuhr langsam weiter. Etwa zwanzig Polizisten rückten aus dem Hintergrund an, Pfiffe begleiteten sie, weiße Mützen bewegten sich hin und her, dazwischen die bloßen Köpfe der Demonstranten. Die Polizisten trugen Krawatten, einige der Studenten auch. Die einen schoben, die anderen schoben zurück, es waren ruhige, regellose Bewegungen verschieden bekleideter Parteien, es gab kein Ziel, keine Richtung, keinen Sturm gegen das

Haus, es war ein Geschubse wie auf dem Schulhof, bei dem sich niemand auf einen ernsthaften Kampf einlassen möchte.

Wo ist Kennedy, dachte Martin, tot ist Kennedy, mit Kennedy wäre das alles nicht passiert, mit John F. Kennedy als Präsident hätte man nicht einmal demonstrieren müssen. Im Kopf trug er ein leuchtendes Bild des Präsidenten, seit der zu ihm und ein paar tausend Studenten gesprochen hatte im Juni 1963. Vorlesungen und Seminare waren ausgefallen, auf dem Rasen liegend zwischen dem Germanisten-Gebäude Boltzmannstraße und den Neubauten der Wirtschafts- und Sozialwissenschaftlichen Fakultät hatten sie eine Stunde auf ihn gewartet und dabei aus den Lautsprechern die Radioübertragung mit der Rede vor dem Schöneberger Rathaus gehört.

Als der ungeschickt langsam gesprochene Satz *Ich bin ein Berliner* über das Unigelände wehte, hatte Martin fast lachen müssen, bis die Jubelschreie der Menge vor dem Rathaus ihn nachdenklich machten. Unter der Junisonne im Grünen liegend hätte er nicht sagen können: Ich bin ein Berliner. Das konnte nur jemand sagen, der nach Berlin eingeflogen wurde. Wer auf jeder Berlinreise mindestens viermal kontrolliert, befragt, belästigt wurde, Koffer auf, Handschuhfach auf, Sitzbank hoch, Hosentaschen leer, der fragte, wenn er die ummauerte Insel glücklich erreicht hatte: Wo bin ich? Was ist das, Berlin? Martin war noch nicht richtig in Berlin angekommen, er war kein Berliner, aber er wollte dabeisein, wenn der Präsident der Vereinigten Staaten von Amerika vorfuhr, um zu den Studenten zu sprechen. In den Lautsprechern die begeisterten Radioreporter, ihr Tonfall erinnerte an die gefühlsaufladenden Wochenschaustimmen.

Die Reporter berichteten vom Triumphzug des Präsidenten durch die Stadt Richtung Süden, Richtung Dahlem, jede Straße, jeder Platz wurde benannt, er kam immer näher, er fuhr durch die Garystraße, die Studenten erhoben sich, drängten nach vorn und begrüßten ihn mit langem Beifall, als er auf der Tribüne stand, die vor dem Henry-Ford-Bau errichtet war. Martin fühlte sich persönlich geehrt von dem hohen Besuch.

In gut hundert Metern Entfernung konnte er den mächtigsten Mann der Welt sehen, der ihn und die anderen Studenten aufforderte, den Wert der Freiheit zu erkennen und für sie zu kämpfen, dabei fuhr der Wind durch das Präsidentenhaar. Mit lebhaften Gesten und hoher Stimme in einem vornehmen Amerikanisch, das in strenges Deutsch übersetzt wurde, verkündete Kennedy: *Sie haben die besondere Verpflichtung, zu denken und die Zukunft dieser Stadt mitzugestalten und die Demokratie ernst zu nehmen*. Hinter ihm saß die Demokratie in der Person des versteinerten Denkmals Konrad Adenauer und des lächelnden Willy Brandt, der den Schwung des Präsidenten zu kopieren suchte. Martin fühlte sich verstanden, zum ersten Mal hatte ein mächtiger Mann die Studenten als politische Subjekte angesprochen, so leidenschaftlich hatte sie

noch niemand ermuntert, selbst etwas zu tun und trotz ihrer Jugend oder wegen ihrer Jugend etwas beizutragen zur Demokratie.
Nichts anderes taten die Demonstranten jetzt, davon war Martin überzeugt, davon wollte er überzeugt sein: Auch Kennedy hätte die meisten Forderungen unterstützt, er hätte das hunderttausendfache Morden und Bomben nicht zugelassen. Sätze seiner Rede von 1963 hätten als Parolen heute gepaßt. Kennedy war ermordet, im Weißen Haus regierten andere Leute und andere Interessen, die Welt war verrückt geworden, und die wahren deutschen Kennedyfans standen hier oder diskutierten mit den Leuten vom Amerikahaus.

Das Sternenbanner, plötzlich fiel es abwärts, sackte in drei, vier raschen Zügen fast bis zum Boden, einige Hände klatschten Beifall, ein Johlen da und dort. Martin wußte so schnell nicht, ob er diesen Akt für einen Frevel oder einen unterhaltsamen Zwischenfall halten sollte. Sein Gefühl weigerte sich, an den höheren Wert solcher Tücher zu glauben, er wollte keiner Fahne zu nahe kommen, keinen Fahneneid leisten, nicht vom Gift der nationalen Farben und Symbole angesteckt werden. Zu viele Männer hatte er in Büchern und Filmen, auf Totengedenktafeln und Fotos unter bejubelten Fahnen fallen, sterben, verscharrt gesehen, zu viele Menschen waren im Namen einer Fahne unterdrückt und abgeschlachtet worden, in Deutschland wurden die Fahnen immer zu inbrünstig angebetet, bis alles in Scherben, bis alles mit der Verbrennung der Fahne

endete, und wieder mußte eine neue Fahne her, weil sie es mit der alten übertrieben hatten.
Gerangel am Mast, Polizisten dazwischen, die Fahne stieg mit kurzen Sprüngen wieder auf und blieb auf halber Höhe hängen, halbmast. Schlaff hing das Tuch, so schlaff wie vorher zwei Meter höher in der Nachmittagswindstille. Ohne Ehrfurcht und ohne Verachtung betrachtete Martin die blaurotweiße Flagge, die jetzt, weil ein wenig nach unten gerutscht, in ein Symbol der Trauer über den fernen Krieg verkehrt war.
Vorsicht Schwarzrotgold, aber was hatte das mit dem Sternenbanner der Amerikaner zu tun? Mit dem sie uns befreit hatten, mit dem sie uns schützten? Jetzt wurde unter der Flagge getötet und gemordet, aber sie war auch auf Fotos von Demonstrationen gegen den Krieg zu sehen, ein Symbol, das allen Parteien gehörte, doch am meisten dem Präsidenten, der sie wie eine gottgeweihte Waffe neben dem Schreibtisch stehen hatte und zur Rechtfertigung der Bomben brauchte.
Vor dem Amerikahaus wurde es ruhiger, und Martin überlegte, ob es Berliner Studenten zustand, das heiligste Symbol der USA anzurühren und auf halbmast zu zerren. War es nicht eine andere Sache, wenn Studenten aus Berkeley *Stars and Stripes* verbrannten? Müßten die da vorne, dachte er, nicht die Form wahren auch im Protest, damit der Protest glaubwürdig bliebe, damit der Protest wirkte?
Aber was berechtigte ihn zu solchen Fragen, was tat er? Er wahrte die Form, er hielt sich heraus. Er war nicht einmal bei der Diskussion dabei. Er stand neben

dem Bahnhof Zoo und schaute zu – war das glaubwürdig, war das wirksam? Er wahrte die Form, mehr nicht. Vielleicht sah er alles zu ängstlich, vielleicht war es für die anderen Zuschauer, die Presse, die Öffentlichkeit, die Amerikaner eine wirksame Provokation: Sternenbanner in Berlin auf halbmast!
Vier S-Bahn-Stationen weiter, wo die DDR anfing, werden sie jubeln. Die Propaganda der Heuchler, die es am meisten übertrieben mit Fahnenappell, Fahnengetue und der alten Fahnenunterwerfung. Abstoßend wie alles im Ulbricht-Staat, wo jeder Schritt vorgeschrieben und nichts besser war, nur billiger, wo keiner studieren durfte nach Neigung, keiner die Meinung sagen, geschweige denn demonstrieren.
Polizisten und Studenten waren wieder friedlich geworden, jemand zog die Fahne in die Höhe. Immerhin, dachte Martin, ohne schon die passenden Worte für seine Klarheit zu haben, ich weiß, was ich nicht will. Nicht vorne mitmischen und nicht DDR-Bürger werden. Nicht nach Osten gehen. Aber nach Westen auch nicht, auf keinen Fall zurück.

Da flog etwas gegen die südliche Mauer des Amerikahauses, ein Ei. Die weiße Schale und das Gelb glitten abwärts. Noch ein Ei klatschte an die Fassade, Pfiffe und Beifall folgten dem Treffer, und ein drittes, das jemand von links aus dem Schutz der Bahnunterführung warf, verfehlte, falls es das Haus und nicht die Polizisten davor treffen sollte, sein Ziel. Ein viertes Ei zerschlug wieder an der Wand. Während das schlurfende, pfeifende Geratter einer S-Bahn alle Geräusche übertönte, konnte der Zuschauer erkennen, wie aus den drei feuchten Flecken gelber Dotter nach unten troff.

Mit einer solchen Leichtigkeit und Selbstverständlichkeit waren die Eier durch die Luft geflogen, daß Martin die Szene im Schwung einer seltenen Heiterkeit betrachtete. Er vergaß die Frage, ob er eher empört oder amüsiert sein sollte. Die vier Eier, von denen drei getroffen hatten, waren vielleicht eine Parodie auf die viertausend Bomben, die jeden Tag in Vietnam abgeworfen wurden. Nein, es war mehr, die Eier wirkten wie ein befreiender Theatereffekt: Das Geschehen rückte vom Betrachter ab, es glitt aus der Wirklichkeit und entschwand auf eine Bühne, eine Massenszene, wie sie in dem *Marat*-Stück von Peter Weiss im Schiller-Theater gezeigt wurde. Als sei eine Hundertschaft von Schauspielern und Statisten aus dem Theater entwichen und führe nun ein Stück vor, *Die Plebejer proben den Aufstand*, gerade vor drei Wochen im gleichen Theater uraufgeführt, egal ob Weiss oder Grass oder Beckett, ein Stück wurde geboten auf der Hardenbergstraße, nicht sehr spannend, bei schlechter Akustik und schlechter Beleuchtung, mit dem Höhepunkt einer herabgezerrten Fahne, die nun wieder oben hing, ohne damit prächtiger oder überzeugender zu wirken. Eine Szene mit ein paar fliegenden und zermatschten Eiern, wahrscheinlich aus dem Lebensmittelgeschäft in der Unterführung, und Martin erwartete schon, Fahnenzerrer, Eierwerfer und Polizisten aus der Menge treten und in Richtung der Straßenseite, wo er stand, sich verbeugen zu sehen wie Laienspieler.

«Das geht aber zu weit», sagte einer neben Martin mit ironischem Unterton, die Stimme erkannte er sofort, es war der Verleger Wulff.
«Das geht aber zu weit, Eier aufs Amerikahaus!» wiederholte er, kicherte, als sie sich gegenüberstanden, hieb dem Jüngeren freundlich auf die Schulter und streckte die Hand hin.
«Ach, Sie auch hier», sagte Martin, «auch bei der Demonstration gewesen?»
«Versteht sich», Wulff kicherte wieder, «bin später gekommen, aber man ist schließlich alter SDSler, da weiß man, was man dem Vaterland schuldig ist, wenigstens ein Spaziergang rund um den Steinplatz. Ich wollte grade gehn, aber jetzt wirds ja noch ein bißchen lustig hier.»
Doch es geschah nichts weiter, man hörte die Aufforderung aus einem Lautsprecherwagen der Polizei:
«Weitergehen! Bitte, gehen Sie weiter! Bitte, räumen Sie den Bürgersteig!»
«Weitergehen, das ist ja die Katastrophe, daß alles immer so weitergeht», kicherte der Verleger.
«Haben Sie nicht auch diese Erk-, Erk-, Erk-lärung unterschrieben?» fragte Martin nach einer Weile und schämte sich, weil er rot wurde vor Scham.
«Welche?»
«Na, die über Vietnam.» Er vermied das Wort Krieg, um nicht noch einmal ins Stottern zu stürzen. Eine Se-

kunde lang die Erleichterung, daß der Krieg in einem Land stattfand, das ohne Mühe auszusprechen war.
«Na sicher.»
Das Thema war dem Verleger lästig, Martin merkte, der kleine, unruhig tänzelnde Mann wollte jetzt etwas erleben. In ihm steckten die Sorglosigkeit und die Mimik eines Lausbuben, und sein Ausflug zur Demonstration schien ihm, der Tag und Nacht zwischen Büchern, Manuskripten und Kalkulationen verbrachte, schon wegen der frischen Luft gutzutun, in seinem Gesicht meinte Martin gesündere Farben zu sehen. Die kleinen aufrührerischen Aktionen des Sonnabendnachmittags stimulierten ihn.
«Amerikahaus, fällt Ihnen da nichts auf?»
Martin schaute auf die kantigen Farbmuster der Fassade und schüttelte den Kopf.
«Die USA tun immer so, als hätten sie ganz Lateinamerika schon im Sack, und Kanada dazu. Warum sagen sie nicht Haus der USA? Nein, es muß immer gleich ganz Amerika sein. Diese Arroganz, die mag ich nicht an den Amis.»
Er machte Witze über die Eierwürfe und Johnsons Eier, Martin versuchte mitzuhalten und war dankbar, wenn Wulff lachte.
«Wetten, daß die *Bild-Zeitung* schreibt: Faule Eier! Dabei sind es Frischeier, man sieht doch, wie schön der Dotter läuft.»
«Und was ist mit Johnsons Eiern?» fragte Martin.
«Kein Thema für *Bild*.»
Martin dachte an Johnsons Gallensteine, über die viel

geschrieben wurde, aber wegen des G traute er sich an das Wort nicht heran und sagte:
«Aber die Steine.»
«Die Gallensteine? Ach, vielleicht sind es nur Potenzprobleme.»
«Deshalb ... schickt er so viele Bomber los.»
Wulff lachte laut auf. Das Lachen war eine Anerkennung, die lebhafte Zuwendung tat gut. Es gefiel ihm, daß der Verleger eine ähnliche Distanz zum Geschehen hatte wie er.

Über den Straßenlärm hinweg aus dem Lautsprecher wieder die Befehlsstimme. In die Reihen der Polizisten, vielleicht fünfzig Mann, kam Bewegung, einige Demonstranten hatten sich offenbar hingesetzt. Ein Bus störte das Bild. Es war nicht viel zu sehen, Journalisten und Fotografen machten den Sitzstreik zur Sensation. Demonstranten, die dem Polizeibefehl gehorchten, umstanden das Kampffeld, das geräumt werden sollte. Alles deutete darauf hin, daß die Polizisten jetzt auf die Sitzenden einprügelten, man hörte Schreie «Schläger, Schläger!» Martin dachte an das wilde Mädchen, an ihren Eifer, mitten im Getümmel sein zu wollen. Mit ihr hätte er sich gern Wulff gezeigt. Einzelne Studenten verließen mit Schreckgesichtern den Vorplatz. Zwei junge Männer flohen zum Mittelstreifen der Straße, hielten die Hände an den Kopf und ins Gesicht, als seien sie verletzt.
Der Verleger und Martin riefen «Buh» mit langem, tiefem U, wie einige Zuschauer neben ihnen auch.

Von den Polizisten sah man fast nur die schwingenden Arme, wieder und wieder, die Bildausschnitte erinnerten an die grobe Mechanik der Prügelszenen im Kasperletheater, es blieb Theater, unbeholfen, laienhaft, und es paßte in die Szene, daß immer mehr Studenten aufstanden, ihre Maske als Demonstrant ablegten und nach rechts und links in die Kulissen abgingen. «Wir haben keine Gummiknüppel», schrien die letzten, die auf der unsichtbaren Bühne blieben. *Pfanni-Chipsi – die sind frisch* auf dem vorbeifahrenden Bus. Das Stück war zu Ende. Trotzdem wurde weiter geprügelt. Von weitem war ein Student mit blutigem Gesicht zu erkennen, der stehend umsorgt wurde von anderen mit weißen Taschentüchern und fotografiert wurde von Presseleuten.

Wulff hatte eine Frau mit rötlichen Haaren erspäht, mit der er gleich zu scherzen begann. Er sagte «Dann bis bald» und spazierte mit ihr Richtung Zoo. Martin mochte ihm nicht nachlaufen. Wulff kannte hundert Frauen in der Stadt, mindestens eine war immer in seiner Nähe.

Vor dem Amerikahaus, rund um die Fichte und um den Fahnenmast beherrschten nur noch Polizisten das Bild, breitbeinig, viele weiße Mützen, herrisch schwarz die gewichsten Stiefel. Eine Studentin hielt bis zuletzt das Schild hoch *Raus aus dem Gefängnis mit den Berliner Studenten!* Es war nicht die Wilde.

War es Wirklichkeit, war es Theater? Niemand verbeugte sich und strahlte, im Gegenteil, alle Akteure sahen eher enttäuscht und verbittert aus. Etwas Unerhörtes war geschehen, ein kleiner Aufstand, eine große Peinlichkeit, eine demokratische Aktion, ein Gewaltakt, Martin wußte es nicht zu deuten. Eine Premiere, die er nicht zu kritisieren wagte. Sein Herz klopfte und suchte die Heiterkeit der Distanz. Er scheute die Nähe der Schauspieler. Sich einzumischen und die Phalanx der hartnäckigen Sitzenbleiber zu verstärken, dieser Gedanke war ihm in keiner Sekunde gekommen. Es war nicht seine Sache, in den vorderen Reihen zu kämpfen, Prügeleien hatte er immer gemieden, Gefahren wich er aus, Blut warf ihn um. Außerdem war die Sache entschieden: Der Schlagstock war die Antwort auf die Halbmastfahne und die Eierwürfe, der Sitzstreik wurde mit Gewalt beendet.

Warum mußte es seine Sache sein zu werten, was richtig, was falsch war an den Eierwürfen, an der herabgezogenen Fahne, am Sitzstreik? Das *Politische* daran konnte er nicht einschätzen, die beiden Entgleisungen nicht mit politischen Maßstäben vergrößern. Er hatte nur sein Wissen und seine Gefühle, und die waren gegen den fernen Krieg und gegen das Prügeln, Verletzen, Bluten. Gegen den Sitzstreik auch. Gewiß war er feige, und für die Feigen gab es keine Rolle in dem Theaterspiel. Er wollte nichts falsch machen. Er fürchtete Strafen. Er wollte nicht schuldig werden. Er sah keinen Sinn darin, Widerstand zu leisten gegen die Staatsgewalt. Unschuldig wollte er sein an den Eierwürfen und am Fahnenzerren und der Prügelei, nicht schuldig sein durch Schweigen zum mörderischen Krieg. Er suchte eigensinnig zu sein und wollte ihn lässig aushalten, den Widerspruch: sich einordnen in die Demonstration und bei Gefahr wieder heraustreten und den kritischen Beobachter spielen.

Noch immer aufmerksam, begann er seine Rolle als Zuschauer zu rechtfertigen. Weit genug weg vom Kampfplatz, nah genug, um nichts Wichtiges zu verpassen, da ist der richtige Platz. Dem Getümmel ausweichen, das Geschehen beobachten. Gegen den Vorwurf: Du hältst dich raus, du tust nichts!, formte er die leise, die persönliche Antwort: Doch, ich tue was, ich schaue zu, ich schaue nicht weg, ich merke mir das, ich hebe das auf!

Was er beobachtete, erregte ihn, und doch war er gegen alle, die er beobachtete. Gegen die Eierwerfer und gegen die prügelnden Polizisten, gegen die Berliner, die nicht demonstrierten, und gegen die Studenten, die zu heftig demonstrierten. Gegen die Zuschauer war er, die ihm die Sicht versperrten, gegen die Presseleute aus Springers Stall, die, damit war nun zu rechnen, noch einmal mit kräftigen Wörtern nachtreten würden. Sie alle forderten eine Entscheidung von ihm: Bist du für oder gegen uns? Er scheute solche Konflikte wie er Schmerzen scheute. Er wollte keine Gegner haben und kein Gegner sein. An allen hatte er etwas auszusetzen. Überall Einwände, Bedenken, selbst die Literatur war eine einzige Schule des Zweifelns und des Neins zur Normalität und Eindeutigkeit. Einig war er höchstens mit der spöttisch engagierten Haltung Wulffs oder mit der frechen Schnauze von

Neuss, aber dem Schüchternen fehlte jede Souveränität, um in einer solchen Haltung zu triumphieren.
«Alle nach drüben! Geht doch nach drüben!» polterte ein älterer Mann hinter Martin, und als er sich umdrehte, bekam er den Satz noch einmal direkt ins Gesicht geschleudert: «Geht doch rüber, ihr Schmarotzer!» Wieder einer vom Theater.
«Gehn Sie doch!» Martin war überrascht von der lauten Entschiedenheit der eigenen Stimme.

7 Die Straßen waren voll, die Bauern in der Stadt. Mit Bussen, mit Dieselkutschen, mit der Deutschen Reichsbahn, Zehntausende hatten die Grenzen zweimal passiert und atmeten vorsichtig auf im freien Teil der Stadt. Sie belebten die Gegend um den Funkturm, fuhren mit dem Fahrstuhl hinauf auf den Funkturm und sahen die Felder der Dächer und die Grunewälder, sie fuhren hinunter und hinein in die Stadtrundfahrt, brauchten Bier nach dem Mauerblick. Sie hatten ein paar Tage frei, wann hat der Landwirt schon Urlaub, für das freie Berlin nahm man sich frei, im Februar kann auch mal der Nachbar das Vieh versorgen. Jeder Grüne-Woche-Bauer muß einmal am Abend auf dem Kurfürstendamm gewesen sein. Jeder siebte, jeder sechste, nein, in diesem Jahr schon jeder fünfte Berliner muß einmal auf der Grünen Woche gewesen sein, und der Sonnabend ist der grünste aller grünen Wochentage. *Aufgespießt – die neue Art Käse zu essen – Käse aus Holland:* Das muß man gesehen haben, feine Holzstäbchen in Käsewürfel gespießt, die man einfach zum Munde führt, ohne Brot!
Weinproben, Mangos aus Mexiko, dreihundertvierundfünfzig Sorten Wurst, Schweinestreicheln und der *Feinschmeckerbahnhof* der deutschen Landwirtschaft, so wurden die Busse voll und in der U-Bahn Sitzplätze

rar, aber es hat ein Recht aufs Schlaraffenland, wer viel gehungert hat, mit magerem, vitaminkargem Futter durch Krieg, Nachkrieg und Blockade sein Gerippe gerettet. *Fleischverbrauch 1965 70,5 Kilo je Berliner, zwei Kilo mehr als im Vorjahr, trotz steigender Preise.* Alles wurde gemessen, gewogen, gezählt, es ging auf und ging aufwärts, *Der Verbraucher – eine Macht,* und der Fortschritt war der Fortschritt für die Bauern und die Berliner und den Verbraucherausschuß beim Bundesernährungsministerium. Landjugend traf Stadtjugend, so wollen wir es haben, alle beisammen im *Prälaten Schöneberg* und in der *Neuen Welt,* Landjugend und Stadtjugend maßen sich mit Quizfragen, Kabarett und guter Laune, *so wünschen wir uns die Jugend von heute,* und für die Gewinner Wein, Butter, H-Milch, Wurst und Käse aus dem Hessenland.
Durch den Magen geht die Liebe, durch den Magen die Verbundenheit mit der alten deutschen Hauptstadt, Essen und Trinken hält Leib und Seele, hält Berlin und Schleswig-Holstein zusammen. Monatlich tausend Tonnen Kartoffeln aus Niedersachsen, aber welche bitte, welche von achtundachtzig möglichen Sorten? Zweihundertfünfzig Berliner Hausfrauen beim Kartoffeltest, sechs festkochende und drei mehlige Sorten, welche schmeckt Ihnen am besten, meine Damen? Prickelnde Seltersschlucke zwischen neun verschiedenen Kartoffeln, und die größte Zustimmung für die neue gezüchtete *Hela,* mittelfest und nicht zu mehlig. Präsidenten der Landwirtschaftskammern erzählten von ihrem Koffer in Berlin, und auch der fröh-

liche Landmann will einmal erleben, in welche Frauen der Großstädter seinen Schwengel steckt, so trafen sich viele in der Augsburger, in der Nürnberger Straße wieder, und der Umsatz bei den häufig besuchten Damen sprang höher als zwei Prozent, *trotz steigender Preise*.

Alles getan, damit alle zufrieden, die Freunde des Reitsports auch, das Große Internationale Turnier in der Deutschlandhalle, fast wäre es gescheitert an den Schikanen der sowjetzonalen Behörden, welche die Maul- und Klauenseuche in Niedersachsen zum Vorwand nahmen, den Pferden die Transitstrecke zu verbieten, also 150 Pferde in Chartermaschinen verladen und mit einer *Pferdeluftbrücke* nach Tempelhof auch diese Herausforderung gemeistert. Ein Fest der Einheit zwischen dem Bund und Berlin, zwischen Stadt und Land, zwischen Verbrauchern und Erzeugern, Leib und Seele, Berliner haben das Freßfest verdient und volle Mägen, *unter dem Funkturm haben Superlative Wurzeln geschlagen,* und über den Tabletts mit den Probehappen wehten die Fahnen der elf Bundesländer.

Auch Martin bekam etwas ab, im Bus den Stau in der Joachimstaler. Dazu einen Apfel *aus deutschen Landen,* den ein Mädchen der Landjugend mit blauer Schürze und rotem Kopftuch am Freitag zum Mensa-Mahl mit Monalisalächeln überreicht hatte. Vom Oberdeck des Busses sah er die Straßen voll, Bürgersteige voll, die Landleute drängten vom Messegelände zum Kranzlereck, 40 000 Tagesbesucher verteilten sich über die Stadt zurück in die Küchen, Berlin kaute, Berlin verdaute, die Grüne Woche *in bester Blüte*.

Pünktlich um halb, stündlich die Nachrichten, was sagt der RIAS, *...kam es zu schweren antiamerikanischen Ausschreitungen. Studenten rissen das Sternenbanner vor dem Amerikahaus herunter und warfen Eier gegen Polizisten und gegen den Direktor des Hauses. Bei der Räumung des blockierten Eingangs mußte die Polizei vom Schlagstock Gebrauch machen, zwei Demonstranten wurden leicht verletzt. In einer ersten Erklärung forderte die Berliner* CDU...
Martin, gerade in der Wohnung angekommen, erschrak über den Ton. Der amerikanische Sender, *Eine freie Stimme der freien Welt*, okay, okay, aber mußten sie gleich so auf den Putz hauen? Das verhieß Aufregungen für die nächsten Tage. Die regierende Stimme Brandts *Wo uns der Schuh drückt* mochte er jetzt nicht hören. Er begann die Seite 6 des Referats über die Anthologien zu tippen. Ausschreitungen, antiamerikanische, schwere. Leichte!

Die Wilde, wo ist sie, hätte sie dich drei Sekunden länger angeschaut und das Feuer geschürt, hätte sie dich mitgezogen, wärst du ihr gefolgt bis kurz vor den Fahnenmast, hättest dich neben sie gesetzt beim Sitzstreik? Hätte sie ihren Niels oder Peter vernachlässigt und dir ins Ohr geflüstert: Wenn du die Fahne herunterholst, darfst du heut nacht bei mir bleiben, hättest du dann die Fahne nicht heruntergerissen? Oder hätte sie dir eins der Eier zugesteckt: Na, wirf schon!, dann wärst du jetzt ein Täter, ein Held, gesucht per Strafanzeige gegen Unbekannt, aber verliebt verliebt, und könntest vergessen all die distanzierten Blonden und aufblühen neben der wilden Schwarzen. Wärst du sitzen geblieben neben ihr trotz des Befehls, den Vorplatz zu räumen, hätte sie vielleicht deine zitternde Hand festgehalten, mit Blicken ermuntert deine ängstlichen Augen vor den Stiefeln und den Gummiknüppeln. Für sie wärst du geprügelt worden, hättest bluten können, wärst gefilmt worden von einer Kamera des SFB und heut abend Sensation in der Tagesschau, ein Beispielgesicht für Radikalismus, Antiamerikanismus und jugendliches Rowdytum ausgerechnet du.

Und am anderen Ende der Welt in ihrem hessischen Wohnzimmer die Mutter, den Herzensschrecken vor dem Saba-Fernseher, den hast du ihr immerhin erspart. Braver Junge, hält von Krawallmachern sich fern, schaut aus sicherem Abstand zu und läßt sich von keinem wilden Mädchen verführen, verdammt. Das Auge Gottes, das Auge der Kamera, die Sonne bringt es an den Tag. Braver Junge, will die Mutter nicht erschrecken, nicht verletzen. Weil sie schon genug zu schlucken hat an unausgesprochenen Vorwürfen: Warum bist du so anders? Warum bist du so weit weg? Warum lebst du in dieser gefährlichen Großstadt? Warum ist kein Christ aus dir geworden? Was habe ich falsch gemacht mit dir? Warum bist du so ein radikaler SPD-Anhänger? Warum schreibst du

Gedichte und warum versteh ich sie nicht? Hör auf, darauf Rücksicht zu nehmen!

Oder der Großvater, sieht dich unter der Parole *Freie Wahlen für Vietnam* vor dem Amerikahaus hocken, der Großvater, der dir nichts mehr zu sagen hat, aber die Mutter am Telefon überfallen würde, immer noch regiert er mit seinen in der Kaiserzeit geformten, in zwei Kriegen und zwei Nachkriegszeiten gehärteten Ansichten hinein in die Familie. Der Vater ist tot und rumort weiter in dir mit seinem Gutbösesystem, der Großvater lebt und pfuscht mit seinen Gesetzestafeln in deine Gedanken, du hast ihn noch nicht besiegt und vertrieben, *jede einseitige und vor allen Dingen jede fanatische Stellungnahme ist von Übel*, ja, Großvater, einverstanden, nein, Großvater, so nicht. Ist der nicht ein Fanatiker, der den Krieg, obwohl er Schießen, Kämpfen, Töten nicht besonders liebt, zu einem Handwerk, zu einer Charakterfrage macht und mit zusammengebissenen Zähnen und der Devise *Schlucks runter!* sich hochdient bis zum U-Boot-Kapitän im Ersten und Abwehr-Offizier im Zweiten Weltkrieg? Den du nie auf den Krieg hast schimpfen und fluchen hören und für den *Christus unser Friede* ist und jeder Krieg eine neue *Prüfung* Gottes? Auch die vielen Tonnen Bomben, die in Vietnam: eine Prüfung für den Christen, das ganze Leben eine Kette von Prüfungen, *Gott sitzt im Regiment*, hat er in seinen Mahnbriefen geschrieben, *und wird auch wieder im Durcheinander unserer Zeit, sogar in Krieg und Zerstörung, seine Macht und seine Herrlichkeit offenbaren und zum Ziel führen.*

Ein dreifaches Amen für den christlichen Zynismus, aber wieviel Großvater-Denken steckt in dir, Martin: sich einfügen, nicht auflehnen, schon gar nicht gegen die Obrigkeit. In des Großvaters Hirn, in des Vaters Hirn Bibelsätze gemeißelt, die dir vererbt wurden wie der ungeliebte Vorname Luthers: *Jedermann sei untertan der Obrigkeit, die Gewalt über ihn hat*. Der Großvater fügte sich der Gewalt, nur wenn sein Herrgott angefeindet wurde wie bei den Nazis, dann versuchte er sich zu wehren, er fügte sich Adenauer, Sozialdemokraten vaterlandslose und gottlose Gesellen, Willy Brandt *unehelich*, Kommunisten die Teufel auf Erden. Meinungen, hätte er gesagt, gehören ins Parlament und in die Zeitungen, aber nicht auf die Straße, das ist was für Nazis und Kommunisten, Aufruhr mit Pappschildern und Parolen.
Wieviel Großvater in dir, obwohl du ihm widersprichst in fast allem? Sein Gewissen hat deinen Körper infiziert, seine Gesetze sind wirksam, seine Verbote in deinem Kopf. Sie haben dich Martin getauft, der ganze dicke Luther eine unsichtbare Last auf deinen Schultern, ein gefährlicher Flüsterer, der dir mit seinem großen und kleinen Katechismus die Ohren vollwispert: Tu's nicht, tu's nicht! Bild dir nicht ein, die elterlichen Autoritäten hätten keine Macht mehr über dich. Sie stecken in dir mit ihren Sprüchen und strengen Augen, du bist ihr Fleisch, ihr Blut, ihr Gedanke, und in deinen Adern, in deinen Nerven spürst du, was sie gut und was sie verwerflich finden, was verboten ist und ans Verbotene grenzt. *Gerade die*

sexuellen Dinge, hat der Großvater geschrieben, *sind heute in verhängnisvoller Weise hochgespielt worden und entfalten eine dämonische Macht. Nur nicht sich treiben lassen, nur nicht sich vom Zeitgeist bestimmen lassen, nur nicht die warnende Stimme des Gewissens überhören!* Ach, wildes Mädchen, warum hat sie diese *dämonische Macht* nicht entfaltet, warum hat sie dich nicht erlöst? Warum bist du ihr nicht gefolgt? Warum hast du sie aus den Augen verloren, verlieren wollen? Warum dich nicht verlocken lassen zu Ausschreitungen, antiamerikanischen, antiväterlichen, antimütterlichen, antigroßväterlichen, antichristlichen Ausschreitungen?

Laß dich nicht ablenken, schreib weiter, tu das, was zu tun ist, tipp weiter, sag ja zu deiner Sache, deiner Aufgabe und mach das Referat fertig, noch vier Seiten wenigstens, zwei Stunden ungefähr. Hack die Buchstaben auf das Papier, schön fest, damit auch der zweite Durchschlag gut zu lesen ist, und vergiß die Frauen, irgendwann wirst auch du. Erledige jetzt, was du erledigen kannst, konzentriere dich, denk daran, daß Margret dir zuhört, vielleicht gewinnst du bei ihr, vielleicht gefallen ihr deine Formulierungen, vielleicht sitzt sie günstig in Blickrichtung, vielleicht ist Dieter am Dienstag nicht da, schreib für Margret, für eine Schöne mußt du schreiben, für eine Schöne lesen. In ihren braunen Augen ist etwas Suchendes, Funkelndes, und wenn sie auch eine winzige Nase hat, und wenn sie auch mit Dieter geht, da ist etwas Schwungvolles um ihren Mund, etwas Lauerndes, etwas leise Erotisches in ihren Blicken, das Ellen nicht hat und Franziska selten, schreib weiter, schreib weiter, damit du ihr gefällst. Du kannst es nicht zwingen im Augenblick, du kannst gar nichts erzwingen, du kannst jetzt nur hinter dich bringen, was hinter dich gebracht werden muß, desto mehr Zeit hast du später, wenn eine, wenn die Richtige dir gewogen sein wird eines Tages.

Eine Seite, dann aß Martin Brot mit Thunfisch und Käse zu Abend und trank ein Bier. Die Anthologien des 19. Jahrhunderts versanken vor den Flaggen, Eiern, Gummiknüppeln noch mehr ins Lächerliche. Warum mußte er sich jetzt beschäftigen mit Titeln wie *Das Büchlein Immergrün, Natur und Herz, Dichtergarben vom Feld deutscher Lyrik*, warum allein in der Wohnung hocken, statt mit Freunden über die Ereignisse des Nachmittags zu diskutieren, über die Entgleisungen, und ob es Entgleisungen waren, über die Provokationen, und ob es Provokationen waren, über die Brutalität der Polizei, und ob es Brutalität war.

Er wollte das nicht mit sich allein abmachen. Vielleicht wäre Ernsts lockerer Ton jetzt das Richtige, aber Ernst war am Samstagabend gewiß bei Iris. Peinlich, den beiden hinterherzulaufen. Wenn Ernst allein war, ließ sich mit ihm sprechen. Sobald er mehrere Zuhörer hatte, pflegte er den Unterhalter zu spielen und seinem Publikum und sich selbst mit effektvollen Geschichten zu gefallen, er würde Martins Fragen vielleicht mit zwei, drei eleganten Sätzen wegwischen.

Rolf zu naiv und heute nur Uwe Seeler im Kopf, Lutz hatte sich in letzter Zeit etwas zurückgezogen, Robert ja, aber vor ihm hatte er zuviel Respekt, den mochte er nicht behelligen. Entferntere Bekannte wagte er nicht zu verstören mit Vietnam und Eierwürfen. Außer Ellen fiel ihm keine Freundin ein, die ihm etwas von seiner Unruhe hätte nehmen können. Kaum jemand hatte Telefon. Keine Lust, jetzt vor einer Zelle Schlange zu stehen. Nein, es war zu spät, sich zu verabreden.

Träum nicht, lenk dich ab, unternimm was, sagte er sich und blätterte die Zeitung auf. Im Theater nichts außer *Warten auf Godot* in der Inszenierung Becketts, die er schon gesehen hatte. Vielleicht *Der starke Stamm* von Marieluise Fleisser in der Schaubühne am Halleschen Ufer, Premiere, aussichtslos.

Also Kino. *Feuerball* im Atelier am Zoo («James Bond, mußt du gesehen haben!», Ernst). Oder nebenan im Zoo-Palast *Viva Maria* («Brigitte Bardot und Jeanne Moreau schießen zurück, ein starkes Paar, und dann die Bardot, wie sie von Baum zu Baum springt, das mußt du unbedingt sehen», Franziska). Im Studio *Alexis Sorbas*, wer hatte den empfohlen, *Spandauer Volksblatt* («unbedingt sehenswert»). Was war mit *Cincinatti Kid*? Oder am Steinplatz, etwas Harmloses wie *Julia, du bist zauberhaft*? In den Außenbezirken überall *Hi-Hi-Hilfe*, ganz Reinickendorf, Steglitz und Tempelhof im Beatles-Fieber an diesem Wochenende. Wie springen die Beatles durch Reinickendorf, wie singen sie in Reinickendorf *All you need is love*, wie erobern sie die Herzen der Verkäuferinnen mit ihrem Schlachtruf *Help, I need somebody, some body*?

Im *Samstag-Abonnement* des NDR/SFBIII Schumanns Rheinische Symphonie, Martin zwang sich wieder an die Schreibmaschine. Die Musik half beim Schreiben, je klassischer desto besser, und er versuchte, den Schwung der Klänge auf den Schwung des Tippens der Buchstaben zu übertragen. Eine halbe, fast eine Seite gelang ohne Stocken, er nahm sich vor, das Referat noch in der Nacht fertig zu haben und dann bis Dienstag zu vergessen.

Der Schatten des schwarzen Mädchens tauchte wieder auf. Was macht sie jetzt, ist sie bei ihrem Wolf oder Jochen, wohnt sie im SDS-Zentrum am Kudamm Ecke Joachim-Friedrich-Straße, sitzen sie da jetzt alle und diskutieren über die Erfolge des Nachmittags? Du könntest einfach hinfahren und nachschauen, sie haben ein offenes Haus, da kann jeder rein in das Trümmerhaus, dem steinernen Adler über dem Hauseingang ist das Hakenkreuz aus den Klauen gebrochen, mußt nur vorbei an den Erdgeschoßläden Särge-Bestattungen-Breusing und Tabakwaren-Spirituosen-Bengs, könntest die Treppe hoch und einfach gucken, als suchtest du jemanden, und wenn, wenn, wenn du sie findest, dich einfach dazusetzen und zuhören. Und wenn sie dich fragt, wer du bist und warum du kommst, von der Szene am Nachmittag und deinem Zögern sprechen. Vor den andern, vor einer Gruppe,

vor den *Wortführern* könntest du nicht reden, aber bei ihr vielleicht schon, wenn sie behutsam mit dir ist und sich Zeit nimmt. Vielleicht sogar tollkühn und Mitglied werden irgendwann, ihretwegen, mit der Aussicht, ein paar Fragen loszuwerden und beantworten zu lassen von den Genossen, nicht alles allein bedenken müssen und den Ideen der andern vertrauen. Nah bei der sein, die dich verführen könnte zu dem, der du nicht bist, noch lange nicht.
Unsinn, keine der Frauen, die dir durch den Sinn gehn, ist weiter von dir entfernt als diese, die unbekannteste von allen. Sei ehrlich, du hättest dich blamiert, hättest nicht geworfen, nicht mit Eiern, nicht mit Tomaten, nicht mit Steinen. Hättest ihr das Hühnerei zurückgegeben, du Feigling, oder hättest es absichtlich aus Versehen fallen lassen, Buster hätte sich wieder als Versager gezeigt. Und wenn sie dir das Schönste und die Nacht versprochen hätte, die sie dir bestimmt nicht versprochen hätte, auch in diesem unwahrscheinlichen Fall hättest du den Wurf nicht kraftvoll genug getan und weder das Haus noch einen Polizisten getroffen, hättest keine Heldentat vorweisen können vor ihr, vor der Gruppe, vor den Leuten vom radikalen Flügel des SDS. Was will Buster beim SDS? Buster ist nicht geeignet als Mitglied. Außerdem schlecht im Werfen, hat das Werfen immer gehaßt, als Fußballer den lächerlichen faustgroßen Wurfball verachtet, den peinlichen Auftritt bei den Schulsportfesten, weil das Werfen seine schlechteste Disziplin war. Slapstick, Fehlbesetzung, Buster.

Die Schreibmaschine und alle Papiere, die mit dem Referat zu tun hatten, schob er beiseite, holte das nächste Bier und nahm sich vor, ein Gedicht zu schreiben. Im Radio wurde geredet, Journal 3, er wechselte zum Konzert im RIAS. Ein Gedicht über die schwankenden Gefühle des Nachmittags. Nein, ein Gedicht über die Augen der Unbekannten von der Hardenbergstraße, über das Funkelnde, Lockende in diesen Augen. Er konnte sich nicht erinnern, ob sie grüne, graue oder braune Augen gehabt hatte. Die Farbe war nicht wichtig, die Farbe wäre nur Farbe, nur ein Wort im Gedicht, wichtig der Ausdruck, der Funke, das Signal.

Der Funke in deinem Auge, schrieb er auf das weiße Blatt, darunter *in deinen Augen.* Viele Minuten hielt er sich mit der Frage auf, ob der Plural besser, genauer wäre, *Die Funken, deine Augen,* und verwarf diese Formen. *Als deine Freunde an der Fahne rissen/als über den Bomben in Vietnam die Fahne flatterte.* Sogleich strich er *in Vietnam,* dann beide Zeilen, obwohl er den Kontext der Demonstration nicht ausblenden wollte. Mit Punkten unter den gestrichenen Zeilen widerrief er seine Strenge, ließ beide Möglichkeiten offen. *Riß die Fahne herunter,* nein, *riß mir die Fahne herunter,* das war subjektiver, poetischer. *Riß mir die Fahne vom Leib* wäre deutlicher, besser. *Fahne* ließe sich durch *Maske* ersetzen, vielleicht durch *Tuch.*

In der Zeile *Riß mir die Fahne/die Maske vom Leib* lauerte eine Gefahr, die er nicht gleich verstand. Mit dem Wort *Leib* hatte er sich auf ein schwieriges Gelände begeben, den Körper, den eigenen, den rätselhaften. Zu welchen Abgründen führte das? Ihm schwindelte, die Fäden seiner Gedanken liefen auseinander, bündelten sich nicht auf ein Bild. Er hatte seine Worte nicht unter Kontrolle, das störte ihn, obwohl er gerade die Kontrolle verlieren wollte im stillen Rausch des Schreibens, aber die Worte sollten nicht verräterisch sein.

Etwas Fremdes arbeitete in ihm, drängte an die Oberfläche, wußte die Richtung, wußte den Ausweg nicht. Wo wollten die Zeilen hin, sie deuteten auf einen neuralgischen Punkt, zielten auf seine Geschlechtslosigkeit. Er hatte etwas abzureagieren, was er nicht mehr mit Worten abreagieren wollte. Nicht er gab den Worten Kraft, die Worte zogen ihm Kraft ab, eine ungewohnte Erfahrung. Es reichte nicht mehr, das spürte er jetzt, die Angst vor allem Unbekannten, die Angst vor sich selbst mit ein paar witzigen Formulierungen zu überspielen.

Beim Versuch, in der Wollust der Einsamkeit einen winzigen Augenblick als Augen-Blick zu erfassen, nahmen die Schwindelgefühle zu. Fast von allein schrieb sich die Zeile *Nackt steh ich da, ohne dich*. Aber wie platt war das! Gelogen außerdem, auch als Bild überzogen. Nur *ohne dich* stimmt, der alte Kehrreim *ohne dich, ohne dich, ohne dich*, und der macht das Gedicht kaputt.

Wo liegt der Fehler? *Leib*. Warum das altmodisch, christlich geprägte Wort, warum nicht *Körper*? Also weg mit *Leib*, dem Vaterwort, Fremdwort! Es mußte gemieden werden, weil es die Suche nach der eigenen Sprache sabotierte. Diese Wörter vergifteten ihn, lähmten ihn, er durfte sie höchstens ironisch wenden.

Und *Der Funke in deinen Augen*? Ein Wunschbild. Eine Frau, die zufällig vorbeigelaufen war, mehr nicht. Was zwang ihn, aus dieser Sekunde ein Liebesgedicht zu machen und sich selber anzuklagen? Er hatte sich nichts vorzuwerfen, er hatte nur Sehnsucht. Verliebt in eine Phantasie. Schon wieder verliebte er sich zu früh, verliebte sich in die Falsche, in die Entfernteste von allen, in eine, die nichts von seiner Liebe ahnen konnte. Statt aus dem Haus zu gehen und sie zu suchen, statt Enttäuschung und Ablehnung zu riskieren, suchte er ihre Nähe in ein paar Zeilen. Aber die Wilde kam nicht vor in diesen Zeilen, die Situation jenes Augenblicks auch nicht, und doch begann er sich schon im Rhythmus der Worte mit ihr zu drehen.

Riß mir die Fahne vom Körper, was für ein Schwindel! Er kam nicht weiter, strich alles durch, warf das Blatt in den Papierkorb.

Ein Bier, im RIAS begann die *Sendung des Ministeriums für gesamtdeutsche Fragen*, zurück zum SFB, Jazz, jeden Abend spielten sie Jazz im Dritten Programm, gern hörte sich Martin auf Charlie Mingus ein. Er wollte lesen, ging zum Regal, keine Gedichte, keine Meister jetzt, die ihm seine Unfähigkeit vorführten. Der Blick blieb auf dem Katalog «documenta 1959». Den hatte der Vater gekauft nach einem Besuch in Kassel und

Martin zu Weihnachten geschenkt, nachdem der Sechzehnjährige neugierig darin herumgeschaut hatte mit hastigem Schielen auf die wenigen nackten und halbnackten Leiber. Der Vater schätzte christliche Kunst, die Renaissance und ein wenig Nolde. Aber was hatte er, fragte sich Martin beim Blättern im Katalog, bei Picasso gesucht, was bei Max Ernst gedacht, was wollte er seinem Sohn vermitteln mit den Plastiken von Hans Arp?

Der Tanz zwischen den Frauen, der Titel bannte ihn zuerst, dann das Bild von Ernst Ludwig Kirchner. Ein Mann tanzend zwischen zwei Frauen, alle drei nackt, keine aufdringliche Nacktheit, keine Harmonie in dem Bild, eher Kampf, Verzerrung, Flucht. Die größere der Frauen, mit vollen Brüsten, rief dem sich abwendenden Mann etwas zu, gestikulierte mit dem linken Arm, und das Gesicht, woher kam das Gesicht, das Gesicht erinnerte an die wilde Schwarze von der Hardenbergstraße. Auf dem Gemälde hatte sie rotbraunes Haar, aber der Blick war so heftig, so fordernd, die Bewegung so entschieden, daß die SDS-Studentin für dieses Bild von 1915 Modell gestanden haben könnte.

Zum ersten Mal sah er den Druck richtig an. Du bist verrückt, dachte er. Mit dem Bild war alles gesagt. Du bist der Mann, belüg dich nicht, der Mann zwischen den Frauen, zwischen allen Frauen, du tanzt allein, tanzt mit dir selbst. Der Mann schaut die Frauen nicht an, doch die Frauen versuchen, ihn anzusprechen, ihm etwas zu bieten, sich selbst, sie stehen steif, ohne Bereitschaft zu tanzen. Er tanzt auf Zehenspitzen, er

scheint sich eher zu entfernen als einer der beiden zu nähern, er spielt ihnen was vor, er streckt die Arme so von sich weg, winkelt die Hände so starr, als wolle er sie, als müsse er sie abweisen.
Das Bild ist wahr, verteufelt wahr, ich hab mich von ihr abgewandt, dachte er, sie hat mich gerufen, ich wollte mich nicht stören lassen, lieber in meinem gewohnten Tanz mit mir selbst, in der Distanz bleiben. Der Mann, der Blöde, sieht nur sich selbst, gefällt nur sich selbst, läßt sich nicht anziehen von den herrlichen Brüsten, den schlanken Beinen, den einladenden Leibern. Nackt auch er, eine Mondsichel über dem Kopf, der Penis versteckt, wie abgeklemmt in der verzerrten Bewegung des Tanzens. Wie hieß es in der Zeile vorhin? *Nackt steh ich da, ohne dich.* Vielleicht doch nicht so schlecht, das paßte irgendwie und paßte auch nicht, allein war dieser Mann, und nicht allein auf dem Bild.
Die beiden Frauen umrahmten ihn, wer hat es gut wie der? Die Frauen streng, wartend, mit geraden, knielosen Beinen. Was ist mit der zweiten Frau rechts auf dem Bild, wer könnte die sein? Die Augen geschlossen, den Mund auch, eher schüchtern steht sie da, die linke Hand zwischen den kleinen Brüsten, Margret, die stille Margret? Auf den ersten Blick schien es so, als sei der Mann dabei, sich ihr zuzuwenden, eine Täuschung, auch die Geduldige interessierte ihn nicht, während sie, schlank und gelb und mit betonter Hüfte, wartet.
Was für ein Idiot, der will nichts wissen von den

Frauen, warum will er nichts wissen von den Frauen? Bei dir ist es umgekehrt, die Frauen wenden sich ab, wenn du dich näherst. Aber in Wirklichkeit hast du es mit den beiden noch gar nicht probiert, Margret nie angesprochen, vor der Wilden nur Angst gehabt. Soll dir das Bild Mut machen? Soll es dir sagen, daß du es besser machen sollst als dieser Tänzer? Oder daß du ein Narziß bist und bleibst?
Die drei Figuren bewegten sich aneinander vorbei, sie bewegten die Gesichter, sie sprachen zu ihm. Ich bin Franziska, sagte die Lebhafte, die Fordernde. Ja, sie ähnelte ihr, auch Franziska nie nackt gesehen, aber das Heftige, das Rufende paßte, das etwas kantige Gesicht. Dann wäre die andere Ellen, auch das stimmt, die ruhigere, zurückhaltende Ellen. Und du dazwischen jeden Tag, seit Wochen und Monaten dein verkrampfter Tanz um die beiden. Schaust sie nicht an in Wirklichkeit, schaust nur auf dich selbst, verliebt in den eigenen blauen Schatten. Behauptest immer noch, beide zu lieben, die mit dem langen dunkelblonden Haar und die mit dem langen hellblonden Haar, und beide lieben dich nicht. Hör auf, zwischen ihnen herumzuhampeln, pack deine Illusionen ein, nenn es nicht Liebe, was du für sie übrig hast! Wie kannst du sie lieben, wenn du dich nicht mal entscheiden kannst zwischen beiden, wenn du nichts zu bestellen hast gegen ihre festen Liebhaber, wenn du ihnen den Rücken zukehrst, wenn du allein tanzt?
Wenn beide kämen wie die beiden Kirchner-Frauen und sagten: Ich liebe dich, Martin, komm zu mir!,

könntest du dich nicht entscheiden. Und wenn die wilde Schwarze dir wieder begegnete, dich noch einmal so anschaute und die Liebe wie ein Blitz in euch schlüge, und am gleichen Tag Margret auf dich zuliefe wie im Traum, was dann?

Tanz weiter, Stan Getz' *East of the Sun and West of the Moon*, was soll dein Körper sonst, es ist die einzige Sprache, die dein Körper kennt außer dem Treten von Fußbällen, dem Schlagen von Tischtennisbällen, dem Tippen von Buchstaben, das Saxophon zart und weich, was für ein Takt, egal, Synkopen, Zögern, Zukken, und weiter im Takt, deine Sprache der Tanz, tanz, tanz, tanz deine Distanz weg, deine Niederlage, den Körper, du kennst ihn schlechter als einen fernen Kontinent, tanz, was weißt du mit ihm anzufangen, mit dieser blassen, unbehaarten Haut, der schuppigen Flechte an den Ellenbogen, den armseligen Muskeln, dem Peniswurm, du hast keine Fühlung zu deinem Körper, tanz, keine liebt dich, darum kannst du dich selbst nicht lieben, deshalb schämst du dich, schämst dich deiner unberührten Haut, fühlst dich aussätzig, ganz leise wird das Saxophon, auch wenn der Aussatz nur ein paar Stellen des Körpers bedeckt, du siehst dich nicht gern nackt, schämst dich deiner Nacktheit, als hätte dieser Körper werweißwas für Sünden begangen, Sünde, da ist es wieder, das giftig süßliche Ü-Wort der Kindheit mit dem messerscharfen, stimmhaften S, tanz es weg, das Wort Sünde, tanz weiter, locker wie das Piano, das Schlagzeug im Hintergrund, tanz weiter, der Körper der Ort der Sünde, tanz und tanz, wohin mit dem Schwanz, immer noch hast du dich nicht befreit vom Kinderglauben, vom Christengift, von denen, die immer genau wissen, was Sünde ist, Pause, *Dark Eyes*, der Sprecher im Radio, tanz und tanz, jetzt schneller, Sünde, du willst es nicht mehr wissen, willst das vergessen, kannst es nicht vergessen, Sünde, mit einer Frau vor der Ehe zu schlafen, Sünde, eine Frau für die Liebe zu bezahlen, Sünde, eine Frau zu begehren, ohne ihr die Ehe zu versprechen, Sünde, allein mit dem Schwanz zu tanzen, die Schlange, der Apfel, all diese teuflischen Gebote, die du dir längst aus dem Kopf geschlagen hast, aber nicht aus dem Körper vertrieben, die den Körper infiziert haben mit der Pest der Reinheit, mit der Angst vor Berührung und der Knechtschaft der Keuschheit, all die Gebote, die dir die Beine lähmen, die Hoden drücken, das Herz vergiften, das Gehirn stechen und den Mund zusperren, all die Gebote und Verbote, die dich nicht erwachsen werden lassen, tanz und tanz, wohin mit der Schlange unter dem Bauch, der Stummelschlange, im Tanzen verschwinden Gebete, Gebote, im Tanzen krachen sie zusammen, die Gewissensmühlen, die Mühlsteine, hör, wie sie zerbröseln unter den Füßen, unter den kleinen schnellen Stößen der Musik, *Dark Eyes*, tanz, tanz weiter, hinaus aus der Sklaverei, mach weiter, vielleicht ist es die größte Sünde, nicht zu sündigen, nicht sündigen zu wollen, oder, die schlimmste der Höllen, nicht sündigen zu können, tanz weiter, ja, tanz und tanz, bis du nur noch das Saxophon hörst, weich,

weich und fordernd die Saxophonstimme unter der Haut, weiter, tanz weiter!

Der Baß des Radiosprechers stoppte ihn, mitten im Raum stehend. Er hielt inne. Werd nicht verrückt, drei kleine Flaschen Schultheiß dürfen dich nicht zum Narren machen, werd nüchtern! Er holte einen Apfel aus der Küche. Es fiel ihm das Mädchen der *Deutschen Landjugend* ein, das ihm gestern mit Monalisalächeln einen Apfel überreicht hatte, eine viel zu anmutige Bewegung für ein Landmädchen, eine viel zu aufwendige Geste für einen schlichten Apfel *aus deutschen Landen*, ein viel zu feines Lächeln für eine Grüne-Woche-Reklame bei Studenten. Der Apfel, die Sünde, Eva. Zwischen Frau und Mann der Apfel, warum immer der Apfel? Wer verführt wen, warum verführt dich keine? Willst dich nicht immer verkrampft anstrengen müssen. Der Apfel das Zeichen, der Apfel entscheidet, der Apfel bringt die Geschichte voran. Wie war das mit Paris und den drei Göttinnen? Paris hält den Apfel im Rücken, und vor ihm die schönsten, klügsten und mächtigsten Frauen, alle drei nackt, und er, der Glückliche, darf wählen.
Wo ist der Apfel bei Kirchner, da ist ein Tänzer, der nur tanzt und sonst nichts. Ein solcher Tanz würde dir genügen heute abend, dachte Martin, spuckte die Kerne in die Hand und warf sie mit dem Stiel in den Papierkorb. Warum kannst du nicht wählen, es muß ja nicht gleich ein Harem sein, wie in den Träumen der frühen Pubertät, nein, einfach wählen können zwi-

schen zwei Frauen, die dich wollen, und nicht so blöd sein wie der Tänzer, einfach die Arme öffnen für die begehrlichen Körper. Oder wie Paris vor drei Frauen stehen, Franziska und Ellen und, wer ist die dritte, die Wilde oder Margret, du kennst beide nicht, wer ist die dritte, warum nicht vier Frauen, und wenn eine fünfte, dann das Apfelmädchen vom Lande, fünf Frauen, die dir keine Versprechungen machen wie die drei Göttinnen, sondern ganz schlicht dich wollen und ja zu dir sagen, alle vier oder fünf, und dann, ruhig und gierig, den Apfel im Rücken halten und schauen und wählen!

8 Die Luft belebte Martin, der aus dem Haus getreten war, im Mantel, unentschieden. Zwei, drei Grad kälter, und es wäre Frost. Sechs Fenster des Hinterhauses mit den halben, zertrümmerten Gartenhäusern zeigten noch Licht, und der Kläffer aus dem Erdgeschoß drüben meldete sich wie immer, wenn jemand in den Hof steuerte.

Über den Dächern nachtgraue Wolken, die Unterseiten rötlich schimmernd von den Neonleuchten der Innenstadt. Klar wie die Kälte spürte Martin seine Isolation. Gleichmäßiger Fluß der Autos auf der Bundesallee. Siegertypen auf Achse. Das Leben lief ohne ihn ab. Kein Wind in den schwarzen Ästen der Hinterhofkastanie.

Samstag abend, kurz nach elf. Was jetzt, Buster? Buster ist tot seit vier Tagen, vielleicht heute begraben. Was würde Buster jetzt tun? Nicht aufgeben, nie. Wohin, wenn die Berliner die Gänge ihrer Bissigkeit herunterschalten und ins Wochenende sinken, wenn in den Spätvorstellungen die Hauptfilme laufen, wenn die Leute auf den Faschingsfesten der Mitternacht entgegenfiebern? Wenn im *Bibabo* die Paare sich gefunden haben, im *Leierkasten* in der Zossener alle besoffen sind, in der *Locanda* die Freunde mit ihren Reden sich selbst und die Musikbox übertönen?

Nicht aufgeben, Buster, die Niederlage das Sprungbrett. Ein Sprung, wohin, egal. Alles geht weiter, irgendwie weiter. Durchatmen, Scheuklappen aufsetzen, das Hindernis anpeilen wie die Mülltonnen dort drüben. Merke: Buster Keaton gelingt das Schwierigste leicht, aber bei den leichtesten Vorhaben geht alles schief. Also, Buster: Was bei dir schiefläuft, ist im Grunde das Leichte. Was dir gelingt, ist das eigentlich Schwere, also sei ein bißchen stolz auf dich!
Nicht aufgeben, Buster geht jetzt in den *Big Apple*, tanzen. Keine Verfolgungsfahrt mit Franziska. Kein Slapstick mit Ellen, laß sie bei ihren Rentnern, die beiden. Keine Frau kaufen in der Augsburger Straße, die eine halbe Stunde vorher ein Landwirt gekauft und geknetet hat. Nicht ins SDS-Zentrum, nicht blind nach der unbekannten Wilden suchen.
Big Apple, «der schnellste Weg zur Mädchenbrust», wie Lutz lästerte. Der Apfel ist groß. New York ist groß. Berlin ist größer. Berlin ist rund. Der Ball ist rund. Die Frauen sind rund. Die Brüste sind rund. Der Apfel. Drei Frauen. Hundert Frauen. Also los. Aber erst flott anziehn wie Buster. In der Niederlage, in der Katastrophe zeigt sich der Gentleman.
Er ging zurück in den ersten Stock, tauschte sein kariertes Hemd gegen ein mattgelbes und wählte sein bestes Jackett mit dem schwungvollen Schnitt, das er mit Franziska gekauft hatte, «Das steht dir». Er übte ein Buster-Gesicht und kämmte die Haare glatt.
Wieder draußen, wünschte er den Mond als Begleiter, den frisch entdeckten, mit tausend Fotos neu vermes-

senen Mond. *Feinbremsung*, das Wort des Tages. Die Sonde, schön weich gelandet. *Wird der Mond kommunistisch? US-Truppen, auf zum Mond!*
Naßgrau die Nacht, keine Aussicht auf Mondschein. Der Kerl da oben war nützlich, wenn man zuviel getrunken hatte. Der konnte verläßlich Antwort geben auf die Frage: Bin ich wieder nüchtern? Martin schwankte nicht beim Blick in den Himmel hinauf, in die östliche Richtung, wo er den Mond vermutete.

Ein Schwarm Schülerinnen, wenige Jungen dazwischen, vor dem *Big Apple*. Einige knöpften ihre Mäntel zu, andere zupften an ihren Schals, sie schwirrten umeinander, sie sammelten sich zum Heimweg. Toupierte Haare oder Pferdeschwänze, blaue Jeans, recht lange oder dickliche Beine, alle vereint im Kichern, im auftrumpfenden Lachen, das verriet: Das Abenteuer ist vorüber. Eine zählte bis sechzehn, alle da. Die Dialektfärbung ließ auf südliches Hessen schließen. Sie hatten die Mauer gesehen und das Brandenburger Tor, hatten das Schloß Charlottenburg besichtigt, die Gemäldegalerie in Dahlem und den *Big Apple*, nun schnell zurück in die Schlafsäle irgendeines Rot-Kreuz-Heimes und dann nach Darmstadt, Großumstadt, Mainz. Das Programm war absolviert, der Beweis erbracht für den Schulaufsatz: Die Berliner Jugend ist fröhlich und tanzt trotz Mauer und Stacheldraht.
Eine brave Fohlenherde, dachte Martin, als er die schwere Metalltür aufstieß. Gäbe es eine darunter, mit der du mehr als fünf Sätze sprechen könntest?

It's all right, schallte es ihm entgegen, als er die Treppe hinunterstieg, sich an der Kasse einreihte, *It's all right, it's all right*, als er drei Mark zahlte, *It's all right all night long*, als er den Mantel abgab für eine Mark, *It's all right all day through, do you feel it? Do you feel it?*, als er den großen Raum betrat und sich im Halbdunkel orientierte. Scheinwerfer über der Tanzfläche, sonst alles dunkel gehalten, die Wände schwarz oder dunkelblau, winzige Lämpchen an den Tischen, Notbeleuchtung hinter der Theke. Wochenendgedränge, langsam schob Martin durch alle Ecken des weiten Raums, mehr auf der Suche nach Blickkontakt als nach einem Sitzplatz. Ein Paar verließ einen größeren Tisch, er setzte sich, nur wenige Schritte vom Gang zu den Toiletten, da kamen alle mal vorbei, kein schlechter Platz.

We can work it out war an der Reihe, auf der Tanzfläche wurden die Bewegungen heftiger. Der Wettstreit der beiden englischen Bands auch hier, Rolling Stones gegen Beatles, London gegen Liverpool, Mick Jagger und Brian Jones gegen Paul McCartney und John Lennon, der rauhe gegen den weichen Beat.

Die Lautsprecher übertönten alle anderen Geräusche, die Sätze zwischen den vier Leuten, die an seinem Tisch saßen, waren kaum zu verstehen. Er bestellte ein Bier und hielt Ausschau. Wie ging man auf die Jagd, wenn man kein Jäger war wie Lutz, der auch die Häßlichen und Dummen nicht ausließ, oder wie Rolf, für den alles eine Frage der *Titten* und des *Fahrgestells* war? Seit der Tanzstunde immer das gleiche Spiel, das glei-

che Pech, die gleiche Übung: Wo ist sie, die eine? Und wenn das Auge die Wahl getroffen hat, wie weiter? Dann sind sie vergeben und versprochen, die Mädchen, oder sie tun so. Die keinen Freund haben, rauschen zu zweit durch die Räume und tuscheln unter sich aus, von wem sie sich ansprechen lassen. Sich zwei Freundinnen zu nähern, erfordert besonderes Geschick, weil oft die eine schüchtern, die andere eroberungslustig auftritt, was meistens täuscht. Frauen ohne Begleitung sind selten, ihr Mut ist verlockend, aber Vorsicht, vielleicht haben die es besonders nötig.
Wo liegt das Geheimnis des Findens, wo das Geheimnis des richtigen Augenblicks? Jede hat den Wunsch, den du auch hast. Besonders nötig! Aber wehe, du sprichst davon. Wie treffen sich die Wünsche? Wie weckst du den Wunsch? Ausgerechnet du mit deinen Hemmungen? Flirten, das Zauberwort, aber wie? Auf welcher Schule lernt man das? Die meisten schaffen es mit Anquatschen, aber das kannst du nicht. Stotterst sowieso, stotterst doppelt, weil du an deine Absichten denkst, die du nicht aussprechen darfst. Und weil dir alles verlogen und blöde vorkommt, sprichst du nicht mal die wenigen Wörter aus, die dir einfallen. Willst Gespräche, aber keine Werbegespräche. Wie schaffen es die Taubstummen? Drei, vier Mädchen hast du gefallen bisher, aber die hast du nicht mit Reden gewonnen, sondern mit Blicken, Tanzen, Briefen.
Vom Nachbartisch fing er das Lächeln einer kurzhaarigen Blonden auf, ein lebhaftes Gesicht, achtzehn oder neunzehn. Sie schien sich zu langweilen, der Kerl

neben ihr sprach nicht mit ihr, nur mit seinem Gegenüber, als ginge es um Autos oder Fußball.
Schau hin, sie will gesehen werden. Was suchst du in ihrem Gesicht? Was suchst du in den Gesichtern? Intelligenz, Schönheit, Sanftheit, die Augen, und wenn die von Ferne Erwählte nicht dick oder klein ist, dann könntest du alle Kräfte mobilisieren und aufstehen und sie auf die Tanzfläche bitten.
Wieder ein Lächeln, aber Vorsicht, ihr Kerl hat Muskeln, der ist kein Student. Sie zeigt ihren strammen Busen, ihre Kopfbewegungen haben etwas Angestrengtes, etwas kindlich Herausforderndes. So einer solltest du nicht den Hof machen, sie wird dich nicht verstehen.
Was du nicht kannst, den Busen ins Visier nehmen und dann ran an die Braut wie Lutz. Was du nicht kannst, über schöne Beine jubeln und die Dummheit des Gesichts vergessen. Was du nicht kannst, die Frau in Einzelteile zerlegen und Stück für Stück mit Noten von Eins bis Sechs versehen wie Rolf. Da liegt der Fehler, das Hindernis: siehst immer die ganze Frau. Dann erst regt sich etwas bei dir, wenn alles zusammenpaßt.
Tu nicht so, als wärst du besser als die andern, du bist mit einem eindeutigen Ziel hergekommen, schaust genauso auf die Brüste wie auf die Gesichter. Alles wie immer. Die meisten Brüste sind vergeben, die meisten Mädchen wissen längst, welche Hände, welche Lippen sie zulassen, früher oder später. Je länger der Abend, desto kleiner die Auswahl. Beeil dich. Tu nicht so, als wärst du besser. Einfach mit den Beatles kreischen

Help! I need somebody, help!, heulen und kreischen, wie alle Mädchen und Knaben ab sechzehn heute in den Kinos draußen in den Bezirken, *Help! Help! Help!* Hast nicht die freie Auswahl wie im Traum, bist nicht Paris mit dem Apfel in der Hand, wirst nie Paris, mußt schauen, was dir der Zufall in den *Big Apple* weht. Für Paris war die Sache einfach, er hatte den Apfel. Du hast nichts in der Hand, der *Apple* hat dich in der Hand. Genügend Mädchen hier, die du gern mustern würdest, aber sie machen dich nicht zum Schiedsrichter, nicht eine, die dir den Apfel reicht, nicht eine, die ein Urteil will von dir, nicht eine, der du sagen könntest: *Help, I need you!*

Was geht in den Köpfen der Mädchen vor? Was sehen sie, falls sie dich einmal mustern, dich vergleichen mit den anderen Kerlen? Was könnten sie gut finden an dir, was könnte sie bestechen, was hast du zu bieten? Was sehen sie dir an? Sehen sie dir den Stotterer an, den Schweiger, den Tölpel? Sehen sie dir an, daß du lange nicht mehr geküßt hast?

Eine Bekannte lief vorbei, eine Studentin, die ihm öfter in der Mensa aufgefallen war, schöne Einsachtzig und ein großes, gern zum Lachen aufgelegtes Gesicht, kurzes Haar. Nie hatte sie allein am Tisch gesessen, einmal aber vor ihm in der Schlange zur Essensausgabe gestanden, alle die günstigen Minuten hatte er verstreichen lassen, kein Wort gewagt, gebannt von ihrer Nähe, ihrer zarten Nackenkurve, auf die er gern einen Kuß gehaucht hätte. Die Chance, jetzt oder nie. Das Herz schlug, die Lautsprecher. Schweiß auf dem Her-

zen. *Buster kennt keine Angst*, der Vorsatz *Nicht aufgeben, nie aufgeben* half ihm, aufzustehen und sich so aufzustellen, daß sie ihn nicht übersehen konnte beim Rückweg von der Toilette.
«Schön, daß Sie auch hier sind», sagte er.
«Kennen wir uns?»
«Aus der Uni.»
«Nicht, daß ich wüßte. Aber schön, daß Sie auch hier sind.»
Das war nicht schnippisch gesagt, ihr Witz war freundlich gefärbt, doch sie entschied mit einem Blick, daß sie kein Gespräch wünschte. Er folgte ihr, mit Abstand, bis sie an einen dichtbesetzten Tisch gelangte. Ein Blonder legte seine Hand auf ihren Nakken.

Gedränge auf der Tanzfläche, die Körper in zuckenden, schlagenden, schlackernden Bewegungen der Beine, der Arme, der Köpfe. Die Körper tanzten aufeinander zu, voneinander weg, ungleichmäßige, synchrone Streckungen, hüpfend, schlenkernd in den Takten, die Körper rückten auseinander, angestrengt dabei, möglichst locker zu scheinen, auch im Brustkorb, auch im Becken. Martin stand am Rand, an die schwarze Wand gelehnt, in dem dunklen Raum mit der niedrigen Decke und im Lärm von *Gotta Get Away* mußte er an Maschinen denken, alle Körper zusammen eine große, stampfende Maschine. Er stand im lauten Maschinenraum des *Big Apple*, ein Schiff, ein großes Schiff, unterwegs wohin, wie war das mit Buster auf dem Ozeanriesen, *The Navigator,* Buster allein mit seiner Angebeteten, die ihm ausweicht und die auf ihn angewiesen ist in der Not, allein auf einem riesigen Schiff, das übers Meer treibt ohne Ruder und ohne Maschinen, erst die Gefahr bringt die Liebe in Gang. Auf der *Navigator* gab es Salzwasserkaffee, im *Big Apple I got to get away, get away, gotta, gotta, gotta get away.*

Zwischen den Paaren tanzte eine Frau allein, schwungvoll und geschmeidig, und da sie auf einen Partner nicht zu achten hatte, schien sie sich ruhiger, schien sie sich freier zu entfalten als andere. Was für eine ist das da im schwarzen Rock, ein bißchen drall, deutlich die Brüste, halblang das dunkle Haar. Ihre fließenden Bewegungen gefielen ihm. Es war nicht üblich, daß jemand allein tanzte, er schaute ihr zu, er fing ihren Blick auf, er zögerte, er fing einen zweiten Blick, er zögerte, ihr Kopf im Rhythmus der Musik nach links, nach rechts geneigt, Aufforderung zum Tanz, er zögerte nicht mehr und mußte sich doch Schritt für Schritt überwinden, aus den Schritten wurden Tanzschritte, er näherte sich im Takt des *get away, get away, get away,* was sie kurz auflachen ließ. Er tanzte vor ihr, tanzte mit ihr, ohne sie zu berühren, sie war einen halben Kopf kleiner, er versuchte seine Bewegungen den ihren anzupassen, die Arme, die Beine ähnlich wie sie anzuwinkeln, zu drehen, den Kopf locker pendeln zu lassen und ein offenes, lächelndes Gesicht zu zeigen, er fand ihren Rhythmus, er fand ihren Dreh. Er brauchte kein Wort zu sagen, mußte keine Annäherung insze-

nieren, er überließ alles der Musik, suchte ab und zu ihren Blick, ein reifer, freundlicher Blick.
Ein Rock 'n' Roll-Titel folgte, sehr schnell, und bevor Martin den Vorstoß wagte, griff sie seine Hand, sie fanden zusammen den richtigen Schwung des Drehens und Schiebens und Ruckens, er warf sie nicht in die Luft, das konnte er nicht, das erwartete sie nicht, dafür gelangen ihnen die Kreiseldrehungen der Körper auf Anhieb. Im Wippen und Steppen, im Zucken und Schwingen schüttelte er unsichtbare Krücken ab, stampfte seine Verlorenheit nieder, mit Beugen und Schwenken des Beckens versuchte er das Bild zu widerlegen, das er von sich hatte, das Bild des einsamen, in sich gekehrten Tänzers, das Kirchner-Bild, das Bild der Erstarrung, das sich widerlegen ließ, wenn er nur auf die Musik hörte und die Frau im Auge behielt.

«I like your face», sagte sie, als der Song zu Ende war.
Der englische Satz überraschte ihn mehr als das ungewohnte Kompliment. Ein hartes, dunkles Englisch, nicht britisch oder amerikanisch gefärbt, und doch wollte ihm keine andere Antwort einfallen als: «Oh, you are from England?»
Im gleichen Moment krachte der Auftakt der nächsten Nummer durch die Lautsprecher. Sie verstand nichts, er wiederholte den Satz dicht vor ihrem Ohr, sie lachte, «No».
Sie tanzten weiter, für Fragen und Antworten war es zu laut, sie hätten sich die Worte in die Ohren schreien müssen. Martin war erleichtert, keine schwerfälligen

Werbegespräche führen zu müssen, im Englischen konnte er sowieso nicht viel sagen, ein Vorteil, er mußte nicht brillieren, mußte sich nicht in den Vordergrund quatschen. Was ihn in Stimmung hob, war der Spaß am Tanzen und der Spaß, stumm bleiben zu dürfen, und der betörend schöne Satz über sein Gesicht.

Doch die Gesetze der Konversation waren unerbittlich, nach den letzten Takten war die Frage fällig: «Where are you from?»

«What does it matter? Tel Aviv», sagte sie und legte die Hände auf seine Schultern, da nun ein langsamer Tanz an der Reihe war. Er wußte nicht, was er sagen sollte. Körper und Kopf, im gleichen Moment elektrisiert. Irgendwie mußte er reagieren, aber wie? Sie schmiegte sich an. Ein Strom, der den Körper hob und wärmte und unter Druck setzte, die Erregung mit Angst vermischt, weil der Druck in der Hose stärker wurde. Peinlich, wie direkt der Körper reagierte. Er zog den Unterleib ein wenig zurück. Doch der Strom jagte, zuckte, kreiste weiter durch Bauch, Beine, Kopf, Geschlecht. Wie spricht man mit einem Steifen in der Hose über Israel? Er war irritiert, er war glücklich, er wollte fliehen, er suchte sie, er brauchte Abstand.

Nach dem Tanz suchten sie Plätze. An der Theke bestellte sie einen Cinzano, er auch.

«Do you speak English?» fragte sie.

«Yes, but... not very well.»

Ihr breites, eher kleines Gesicht strahlte Wärme aus. Ein unaufhörliches Blitzen in den Augenwinkeln.

Israel, jetzt darfst du nichts falsch machen, keine falsche Bemerkung, keine falsche Bewegung. Was macht sie in Berlin? Warum ist sie allein?
«Why are you here in Berlin?» Die Frage kam ihm, als sie ausgesprochen war, ungeschickt vor, beinah eine Verhörfrage. Wenn sie jetzt sagt: Meine Eltern sind Berliner, dann wirst du die ganze Nacht diskutieren müssen.
Sie schaute ihn prüfend an, verschmitzt.
«Mossad, you know, but don't tell anyone, no word, please!»
Er verstand nicht.
«Moss... what?»
«Our Secret Service, you understand?»
«Yes, but...»
Sie trank und ließ ihn eine Weile ratlos.
«I'm joking, I just wanted to test your humour, sorry.»
Er hatte das Gefühl, schon bei der ersten Prüfung versagt zu haben. Sie erklärte, sie sei zur Grünen Woche da, Israelstand, Werbung für Jaffa, Orangen und Grapefruit, und fliege Montag zurück.
«Do you eat oranges?»
«Yes.»
«Jaffa?»
«Yes.»
«Good boy!»
Sie lachte wieder, fragte nach seinem Namen, nannte ihren, Rahel. Dreimal mußte er probieren, bis er das H als Kehllaut rauh genug aussprach.

«I like your hair, your blond hair.»

«I like your black hair. And your face, too.»

«I want to dance, please», sagte sie, als die Beatles mit *Yesterday* begannen.

«Whom do you like more, the Beatles or the Rolling Stones?»

Martin zögerte, er zog die Beatles vor, weil er ihr Englisch besser verstand und die einfache Rhythmik.

«The Beatles.»

«I prefer the Stones. You look very young, Martin.»

Rahel drängte sich an ihn, legte die Arme um seinen Hals, sie wiegte sich langsam in den Takten. Sie war vielleicht zwei, drei Jahre älter, er traute sich nicht, nach dem Alter zu fragen. Sie hob ihren Kopf. Die Lippen waren kühler, als er erwartet hatte, er küßte sie warm. Er war so erregt, daß er sich vor seiner Erregung fürchtete. Ein Scheinwerfer streifte über die weiße Hand auf ihrer dunklen Bluse, er zog die Hand zurück.

«Do you like me?» fragte sie, als sie die Tanzfläche verließen.

«Yes. Very much.»

Sie bestellten einen neuen Cinzano. Der paßte nicht zum Bier, aber Martin mochte nichts anderes als sie trinken.

«Do you want to ... make love with me?»

Er wußte nicht, wohin schauen, wohin denken.

«Yes, ... but.»

«I will call you Yesbut.»

Sie lachte, er lachte verlegen mit.

«What's but, Yesbut?»
Er zögerte, er hatte keine Ahnung, welche seiner vielen Ängste ihm dieses «But» eingeflüstert hatte. Es ging ihm alles zu schnell. Er war sicher, er werde versagen.
«Afraid of Israel, of an Israeli girl?»
«No, no. I like... I mean... the risk.»
Sie verstand erst nicht, dann lachte sie wieder. «Forget it, it's a perfect day today. We can go to my hotel.»
Vor lauter Angst hörte er nicht auf zu küssen.
«Let's go!» entschied sie.

In der Kälte draußen, als sie auf ein Taxi warteten, spürte Martin seine Müdigkeit, das viele Laufen, das Stehen, den langen Tag, das Bier und die Cinzani.
«Do you think we can meet tomorrow? I'm so tired and I'm drunk.»
Er stotterte zum ersten Mal, stotterte bei «tomorrow», stotterte bei «tired» und war erleichtert, den Satz verständlich vorgebracht zu haben.
«You're okay, don't worry.»
«Tomorrow may be better.»
«You know, I was a soldier. I'm not used waiting for tomorrow.»
So viel Entschiedenheit hatte er nicht erwartet. Er war gefangen, er war das Opfer. Es blieb nur, sich zu fügen oder sofort zu fliehen. Nein, ich fliehe nicht, beschloß er und küßte sie auf die Stirn.
«Now or never?» fragte sie, schon wieder im scherzenden Ton.

«Now.»
Im Taxi sagte sie: «You're shy, that's okay. But don't play this Yesbut-game with yourself. Say yes or say no. Every day is a new day. Every day is a gift, I tell you. Every night as well. Believe me, I was a good soldier. You have to know what you want, man. I want you and I want you now. And you, Yesbut?»
«I want you, now», sagte er schüchtern und öffnete zum Beweis seiner Entschlossenheit die Knöpfe ihrer Bluse, befingerte die Brüste, die kühlen Spitzen. Wenn sie dich jetzt berührt, ist es aus, dachte er. Aber sie hielt sich zurück, als hätte sie seine Not verstanden. Im Rückspiegel das Grinsen des Taxifahrers, Martin zog langsam die Hand aus der Bluse. Jetzt wird es nur noch Minuten dauern, dachte er, als sie die Uhlandstraße überquerten. Da, weiter oben, war er am Nachmittag gelaufen, Sitzstreik, Bilder der Demonstration schossen durch den Kopf, die Bilder störten, die Bilder erregten ihn. Er küßte Rahel, er küßte die Soldatin, er hatte keine Ahnung von ihrer Meinung zu Fahnen, zu Vietnam, sie nicht von seiner, er kannte sie nicht, sie kannte ihn nicht, es paßte nichts, es paßte nichts zusammen. Egal, er saß mit ihr auf dem Lederpolster des Taxis, er wußte, was er wollte, er wollte sie, nur wenige Minuten noch. Das Blut, es fiel ihm das Blut wieder ein, die schreckliche Szene mit dem Blut, das ihm aus dem Körper geflossen war beim letzten Versuch, den erlösenden Akt endlich zu vollziehen, das Mädchen war zart, war lieb und bereit, und er bereit, es war im Freien, im Sommer, und er hatte den Penis schon an

ihr, schon an ihrem Schamhaar, fast in ihr, als es ihm loslief, aus der Nase, das warme schwere Blut aus der Nase floß, auf ihre Wangen, ihren Hals, als hätte er auf sie eingestochen, und erschrocken vor dem roten Blut in ihren Gesichtern ließen sie voneinander ab und schämten sich. Nie wieder wagten sie einen neuen Versuch, das böse Blut war zwischen ihnen, zwischen ihm und den Frauen, was jetzt, wenn es wieder...
Nein, ermahnte er sich, das ist Vergangenheit, über ein Jahr her. Laß dich nicht schrecken, schau, wie es weitergeht, bist in einem Taxi, bist in einem Film, in einer Geschichte, was macht Rahel mit Martin, wie überlistet sie den Portier, Portiers stellen Fragen, Portiers lassen Liebespaare nicht durch.

Sie hielten in der Schlüterstraße nicht weit vom Kurfürstendamm vor einer Pension. Es gab keinen Nachtportier, Rahel hatte den Schlüssel. Die Uhr über der Rezeption halb zwei. Sie schlichen durch ein dunkel getäfeltes Treppenhaus in den ersten Stock, die Dielen knarrten, die Uhr schlug, hinter jeder Tür vermutete Martin neugierige Ohren. Rahel schloß ein Zimmer auf, auch das schien sie mit diebischer Freude zu tun. Das Bett war schmaler, als er erwartet hatte.
Beim Ausziehen war sie schneller als er, und ehe er ihren Körper betrachten konnte, lag sie schon unter der Decke. Mit erhobenem Glied schritt er zum Bett, auf die Niederlage gefaßt. Das Vorspiel, dachte er, das Vorspiel ist wichtig, zärtlich sein und der Frau Zeit lassen, die Regel Nummer 1. Ungeduldig küßte er ihr Ge-

sicht, die Brüste, streichelte und spürte, daß er keine Zeit mehr hatte, spürte, daß er verloren war, die Blamage nicht zu vermeiden, Rahel faßte ihn am Oberschenkel, jede Berührung ihrer Hände war zu viel, er zitterte unter der Haut. Das Glied drängte, sie führte, sie ließ es ein, er stöhnte, und im gleichen Moment schossen die Samen los, ein Beben aus dem Zentrum der Hoden überfiel in vier, fünf starken Wellen den Körper, er ließ es fließen, ließ es fluten, ähnlich wie das Nasenbluten damals, nur tiefer, heißer, schöner war es, er stöhnte vor Scham, stöhnte vor Begeisterung, stöhnte als Versager, stöhnte als Sieger, es lief alles falsch, es lief alles schief, und doch spürte er das Behagen, sich zu entladen, sich zu entleeren, einzutauchen in die heiße Nässe der heißen Höhle, ein Behagen, das ihn zerriß, die Hybris, in einem fremden Körper zu sein, die Scham über die Niederlage gekrönt von der Lust, empfangen zu werden und schon verstoßen zu sein, die Peinlichkeit des Treffens zweier unbekannter Körper, und in allen Poren eine unendliche Erleichterung wie das Nachlassen eines langen, viel zu lange ausgehaltenen Schmerzes.

Als er zur Besinnung kam, hörte er Rahel schimpfen. Er lag neben ihr, er verstand ihre Wörter nicht, sie fluchte hebräisch, sie fluchte englisch, immer wütender.

«Do you hate me, or what? I've never been so disappointed! Why do you think you can do this to me? Is this how you make love? How you treat beautiful Rahel?»

Sie schob seine Hände von ihrer Brust. «Go, leave me alone!»
Er stand auf, begann sich anzuziehen.
«Sorry.»
Es fielen ihm keine englischen Brocken mehr ein.
«Sorry. Sorry.»
«Stop your sorry!»
«It was my first time.»
«Pardon?»
«Yes, the first time.»
Sie setzte sich auf, das schwarze Haar rahmte ein überraschtes Gesicht.
«I don't believe it!»
«I'm sorry!»
Sie lachte, lachte laut, lachte ihn aus, Martin bekam Angst, daß sie jemanden wecken könnte. Sie lachte leise weiter, lachte vor sich hin, lachte ihn an, lockte ihn lachend an, er, in Unterhose und Unterhemd, setzte sich auf die Bettkante. Sie lachte weiter, faßte ihr Kopfkissen.
«Beautiful Rahel.»
«I'm not in the mood for compliments now!»
Sie hieb auf das Kissen ein, drückte es, formte es zu einer Art Kopf, küßte es und hielt es ihm vor die Hose.
«You know, all I wanted to do was to sleep with someone. Understand? No, you don't understand, you don't understand anything, – and now I've got the only virgin in town.»
«Sorry.»

Das Lachen beleidigte ihn. *Virgin*, das hielt er nicht aus. Er glühte vor Scham. Sein Gähnen konnte er nicht unterdrücken, das machte alles noch schlimmer. Er sah sich genug gestraft und fürchtete, wegen seines kläglichen Versagens werde sie nun eine politische Diskussion anzetteln. Rasch zog er Hemd, Hose, Jacke, Schuhe, Mantel an.
«Come on, come back.»
Die Brüste lockten mehr als ihre Stimme.
«No, better no», sagte er, matt von Müdigkeit, Scham und Angst vor der nächsten Pleite.
Jetzt gähnte sie. Er stand fluchtbereit.
«T-t-tomorrow», sagte er.
«Where do you live?»
Er nannte seine Adresse, sie schrieb mit.
«Maybe tomorrow, we'll start again.»
«Tomorrow is Monday», sagte er, erschrocken über seinen buchhalterischen Gedanken.
«Sunday, Monday, what does it matter? I hate that. But I like your face. Okay, tonight, about eight. Maybe I'll come, maybe I won't. I don't promise anything. I promise nothing.»
Sie warf ihren Mantel über und brachte ihn zur Haustür. Kein Kuß, ein schmales Lächeln, ein Befehl: «Take it easy!»

9 Take it easy! Martin dreht ab zum Kurfürstendamm, wohin, er brauchte die Luft, die kalte Luft, lief langsam, wohin, den breiten Bürgersteig hinunter, atmete tief, atmete durch, die Beine waren schwer, er war betrunken, nicht betrunken. Nicht lange, und er hielt an vor den Fenstern eines Modegeschäfts, wo er mit Franziska das Jackett gekauft hatte, und schaute, ob es ausgestellt war, das Franziska-Jackett, das Rahel-Jackett. Natürlich ist es nicht im Fenster, du bist im Fenster, du trägst das Jackett, wohin trägst du es, zu Franziska, zu Rahel, wohin trägst du dich, *I like your face,* wohin läßt du dich fallen, wenn eine sagt *I like your face,* wohin trägt Buster sein Gesicht, wohin sein Gewicht, wohin mit dem aufgeputschten, wohin mit dem schlaffen Körper, wohin flieht Buster, wenn er sich blamiert hat?

Er hielt kein Taxi an, wollte auf keinen Nachtbus warten und lief weiter, ohne nach rechts oder links auf Vitrinen und Schaufenster zu schauen oder auf die wenigen Passanten zu achten. Sehen sie dir an, daß du gerade aus dem Bett einer Frau kommst, sehen sie dir an, was du geschafft, sehen sie, was du nicht geschafft hast? Nein, niemand sieht dir was an, wozu soll dich überhaupt jemand ansehen, sei froh, daß niemand dich ansieht, niemand dich ausfragt. Kein Mensch auf der

Welt denkt im Augenblick an dich, du Versager, außer Rahel vielleicht, bevor sie einschläft, du lächerlicher, ausgelachter, verlachter Versager. Da gibt dir eine die Chance, endlich, und dann das, als wärst du fünfzehn, du Schlappschwanz, bestimmt hat sie Schlappschwanz gesagt auf Hebräisch, auf Englisch.
Plötzlich von Wonne gehoben, sah er Rahel und ihr aufforderndes Lächeln aus den Kissen. Jetzt schläft sie ein. War sie freundlich an der Tür oder abweisend? Du hast sie enttäuscht, hast sie beleidigt, ihr die Lust versaut, so gründlich, daß du keinen zweiten Versuch wolltest und sie ernsthaft auch nicht. Oder ist sie schuld, du hast sie gewarnt, warst müde, betrunken, wolltest morgen, lieber morgen, aber das war eine Ausrede, du hast sie gewarnt, sie ist selber schuld, sie wollte nicht warten, sie wollte gleich, *I like your face*. Wird sie kommen, wird sie nicht kommen um acht, wird sie ein, zwei Stunden zu spät kommen wie Franziska und dich warten lassen wie einen Hund, *I don't promise anything*? Du kannst ihr dankbar sein, auch wenn sie nicht kommt, ihr dankbar sein, hat sie *deflowered* gesagt, nein, sie hat nicht *deflowered* gesagt, warum fällt dir für diese peinliche Minute so ein neckisches Wort ein. Wo ist die Blume hin, Buster, die Blume im Knopfloch, die Blume im Loch, die Blume in einem warmen, feuchten Loch, da ist sie geblieben, sofort verwelkt, was für ein Blödsinn Blumen, *Sag mir, wo die Blumen sind*, singt Marlene Dietrich, *wo sind sie gelieben*, was war mit der Blume im Referat, to anthos die Blume, to anthos der Höhepunkt, was sind wir

gebildet, Margret, was sind wir gebildet, Rahel, ich schenk dir die Blume, ich will tausend Blumen, tausend Höhepunkte, ich sags dir mit Blumen, ich zeigs dir mit *Sah ein Knab ein Röslein,* nein, so ist es falsch, das Lied, es geht anders, heut ging es anders, das Lied, *Sah ein Röslein ein' Knaben stehn,* Rahel hat dich erlöst, Rahel hat *I like your face* gesagt, Rahel hat *take it easy* gesagt, das hört sich halbkatholisch an wie *ego te absolvo,* was für eine Beichte und nicht gestottert dabei oder nur ein bißchen, und sie hat *take it easy* gesagt, das ist die Absolution, nimm es nicht schwer, schalt endlich dein Gewissen ab, schalt dein Tag-und-Nacht-Gewissen ab, dein böses schlechtes Gewissen, dein böses gutes Gewissen.
Die Lampen streuten stumpfes Winterlicht über den Damm, er fühlte sich leichter und wußte nicht, ob er sich das einbildete, einbilden mußte vor Stolz, leichter auf den Beinen, nur wenige Schaufenster zwischen Knesebeck- und Uhlandstraße beleuchtet, Winterschlußverkauf, leichter im Kopf, leichter in den Schultern. Weiter lief er, in die Mitte der Stadt, in die City hinunter, dahin, wo es am hellsten war, wo die prächtigen Schaufensterwände mündeten, wo der Sog der Straße endete, lief unter feuchten kahlen Bäumen entlang, in denen Krähen schliefen.
Er hätte längst abbiegen können, abkürzen zur Bundesallee, aber es zog ihn geradeaus, es zog ihn in die eine, die einzig eindeutige Richtung, dahin, wo es am hellsten war, Kranzlereck, Gedächtniskirche. Ihm war, als liefe er immer tiefer in einen Leib hinein, in

den Leib der Stadt, der sich immer wieder entzog und nicht zu fassen war, dessen Wände, Fassaden, Häute, Fleisch nachgaben, er lief weiter und konnte ihren Kern sehen, die Wunde, die künstlich erhaltene Wunde Gedächtniskirche, der gezackte Stummel beleuchtet, ohne Trümmerbrocken, ohne Blut, ach Kaiser Wilhelm, deine Witwe Berlin trauert um dich, ach geliebter gehaßter Adolf, deine Witwe trauert um dich, unzufrieden, unbefriedigt, ausgeschabt, die Witwe hat das Reich verloren, das sie regiert hat, den Vorgarten verloren, der an den bösen Nachbarn gefallen ist, stolz wie Laubenpieper behauptet die Witwe Berlin ihr enges, abgezäuntes Terrain, Rasen betreten verboten, und du läufst frei und befreit durch ihre gute Stube, mißmutig kassiert sie die Rente aus Bonn, und für dich fällt was ab dabei, trotzig kräht sie: Ich bin noch nicht auf dem Friedhof!, und du lebst billig als ihr Untermieter, solange sie lebt, und trotzig schreit sie: Ich hab die Mauer am Hals!, und schon hat alle Welt Mitleid mit ihr und macht Komplimente, und deshalb, was für ein Geschenk, mußt du nicht Soldat werden und kannst nachts durch die Stadt rennen und die Nächte durchrudern und kannst tun was du willst und hast die Wahl und alles fängt an und du fängst jetzt an und hast die Wahl, die Wahl beim Tanz durch die Stadt, beim Tanz um die Frauen und beim Tanz zwischen zehn verschiedenen politischen Richtungen, und keiner macht dir Vorschriften außer du dir selber und du kannst dich drehen wie du willst und drehen lassen wie du willst mit verbundenen Augen oder offenen Augen und tun was du willst und nachts nach zwei sogar noch sechs verschiedene Zeitungen kaufen, die Zeitung von morgen, die Zeitung von heute.

Antiamerikanische Krawalle, Antiamerikanische Ausschreitungen in Berlin, Zwischenfälle vor Amerika-Haus nach antiamerikanischem Protestzug, Berlin empört über Radauszenen vor Amerika-Haus – so knallten Martin die Schlagzeilen und Überschriften entgegen, schlugen an den Kopf wie Ohrfeigen, und sein erster Gedanke war: Was hab ich da wieder angerichtet! 0:4 hatte Tasmania gegen den HSV verloren, egal, die übrigen Ergebnisse der Bundesliga registrierte er kaum, andere Überschriften zählten nicht. Die ganze Demonstration, der ganze Nachmittag wurde unter einem Etikett abgetan: Krawalle, Zwischenfälle, Ausschreitungen.

Kurier, Morgenpost, Tagesspiegel, Spandauer Volksblatt, mit vier Zeitungen unter dem Arm ging er die Joachimstaler Straße hinunter, fast wie ein Verbrecher, der nachlesen möchte, wieviel die Polizei, wieviel die Presse von seinem großen Coup mitbekommen hat. Mitgelaufen, zugeschaut, und sofort für die Pressefritzen ein Krawallmacher, so schnell geht das, für Frieden und Verhandlungen demonstriert, schon ein Radaubruder, so geht das.

Wollen Sie 1000 DM gewinnen? fragten fette Buchstaben von der Litfaßsäule. *Der Urlaubstausender der Hör Zu wartet auf Sie*. Die Straßen waren leer, die Bauern in den Betten. An der Ecke Augsburger zwei Nutten, eine sprach ihn an, er lief vorbei und grinste: *Take it easy! Take it easy!* Du hast gewonnen, sagte er sich, gewonnen, nicht etwa verloren, die sogenannte Unschuld, wie lächerlich, nein, deine Schuld hast du verloren, deine Schande verloren, hast gewonnen, gewonnen!

Der Gedanke an Rahel machte ihn trunken, der an die Zeitungen nüchtern. Der Schultheiß der Bier-Reklame leuchtete an der Ecke Lietzenburger, durstig und neugierig auf die Berichte trat Martin mit einem Gutenmorgengruß in die Eckkneipe und bestellte ein Bier. An einem der blanken Holztische ein älteres Paar, drei streitende Männer hockten vor der Theke.

Die Berichte unterschieden sich nur in der Schärfe der Worte. Flagge und Eier das gefundene Fressen. Die Ziele der Demonstration und die Parolen wurden nur nebenbei erwähnt, ausführlich die Empörung von Passanten zitiert. Keine Zeitung ohne Seitenhieb auf Wolfgang Neuss. Die einen schätzten die Zahl der Teilnehmer auf 1000, die anderen auf 2000, einig war man sich beim Hinweis auf *mindestens* 200 *SED-Mitglieder. Die West-Berliner SED nutzte die antiamerikanische Demonstration zu einem Großeinsatz ihrer Agitatoren*, und Martin hatte es nicht bemerkt. War er naiv, war er blind? Er hatte sie gesehen, diese auffälligen, wenig sympathischen älteren Leute mit Hüten und Handtaschen, aber die nahm er nicht ernst, kein Student nahm die ernst, ihre Argumente schon gar nicht, und die einzigen, die sie beachteten, schienen die Zeitungsschreiber zu sein. So einfach ist das, die ganze Demonstration, 2000 Leute zu diffamieren. Er ärgerte sich, zu schnell trank er beim Lesen der Kommentare sein Bierglas leer.

Täuschen wir uns deshalb auch nicht über den wahren Sachverhalt hinweg: Es gibt in dieser Stadt – jenseits von den Kadern der SED – heute eine organisierte, politisch engagierte und radikalisierte Minderheit, mit einer eigenen, aus verschiedenen Weltgegenden bezogenen politischen Philosophie, die sich nicht scheut, auf die Straße zu gehen und dabei Mitläufer aller Art in Kauf nimmt, wenn es gilt, ein antiamerikanisches Ressentiment abzureagieren. Der Vietnam-Konflikt ist kaum die Ursache, sondern nur der Anlaß... Keine Ursache, aha, ihr wißt Bescheid. *Das Ansehen Berlins auf eine Weise geschändet*... Das Ansehen, das bestimmt ihr, das Ansehen, was! *Eine kleine Gruppe von Extremisten*... Was für ein Schaum vor dem Mund! *Blamage für die Polizei*... Nicht genug geprügelt oder was?

Der Wirt stellte unaufgefordert ein zweites Bier auf den Tisch neben den Stapel Zeitungen. Martin spürte Hunger und ließ ein Solei bringen, bevor er den Kommentar der *Morgenpost* las.

Die Narren von West-Berlin. Was sich gestern nachmittag in West-Berlin ereignete, läßt sich weder mit der Freizeitmuskulatur von Studenten erklären, die mit ihren Stipendien nichts anzufangen wissen, noch mit den psychopathischen Unternehmungen gewisser Kabarettisten, die nun einmal im politischen Keller beheimatet sind. Was gestern geschah, war peinlich, schmählich. In West-Berlin, das seine Freiheit vor allem der Risikobereit-

schaft der USA verdankt, kam es zu Sprechchören wie ‹Mörder Johnson›. Demonstranten drangen lärmend in das Amerika-Haus in der Hardenbergstraße ein, faule Eier flogen, die US-Fahne vor dem Amerika-Haus wurde auf halbmast gezerrt. Man wähnte sich in Moskau, in Djakarta, in Kairo – nur nicht in West-Berlin, im Schatten der Mauer... Nach den Zwischenfällen vor dem Amerika-Haus distanzierten sich die Studentenorganisationen von allen gewalttätigen Vorgängen, zu denen es in der Tat erst nach der Beendigung der eigentlichen Demonstration gekommen war. Nur leider läßt sich die Tatsache nicht aus der Welt diskutieren, daß die Schreihälse, die Johnson als Mörder diffamierten, aufgeputschte Teilnehmer der vorangegangenen Demonstration waren. Die studentischen Traumtänzer unserer Westberliner Hochschulen wurden die Geister nicht los, die sie riefen. Dafür gibt es keine, auch nicht die geringste Entschuldigung. Denn schon bei den letzten linksverliebten studentischen Demonstrationen hätten die Veranstalter, die sich auf ihr politisches Feingefühl so viel zugute halten, längst merken müssen, daß sich in die akademischen Kampfgruppen mehr oder weniger ergraute, mehr oder weniger radikale SED-Agitatoren eingeschmuggelt hatten. Was dem einfachen Mann auf der Straße auffiel, blieb der notorischen Einäugigkeit der Demonstranten offenbar verborgen... Wir werden schnell und intensiv zu überlegen haben, wie wir verhindern können, daß sich einige studentische und kabarettistische Narren unter dem Schutz der amerikanischen Garantie für West-Berlin über eben diese Garantie weiterhin ungehindert lustig machen.

Das Gift der *Morgenpost* regte ihn auf, der Essiggeschmack des Soleis sorgte für einen neuen Schub Nüchternheit. Jetzt erst, mitten in der Nacht, verlor er die letzten Vorbehalte: Wie berechtigt diese Demonstration war! Gegen so viel Heuchelei und Haß hätte man viel früher anrennen, protestieren müssen. Klare, empörte Gedanken, als er die Zeitungen zusammenfaltete. Ein heimlicher Wettbewerb der Chefjournalisten um die schärfste Abgrenzung, die dickste Keule, das gröbste Wort. Als hätten sie nur auf die Gelegenheit gewartet, ihre Vorurteile aus den Schubladen zu holen, als hätten diese Schimpfworte in ihren Köpfen längst bereitgelegen, als könne man Berlin-Liebe und USA-Gehorsam nur mit viel Prügel für *Traumtänzer, Narren* und *Kampfgruppen* beweisen. Die *Morgenpost* war nur der Auftakt, Springer wird sich das Schlachtfest nicht entgehen lassen, die *Morgenpost* war von heute, war schon von gestern, ab Montag werden *Bild* und *BZ* erst richtig trommeln, dann geht es gegen den Senat, dann wird man wochenlang um diese vier Frischeier streiten statt um Frieden und Freiheit in Vietnam.

Ausschreitungen, was sind eigentlich Ausschreitungen, das Wort kreiselte durch den Kopf, als er auf die Straße trat. Wer nicht mehr geradeaus schreitet, nicht nach Befehl marschiert, wer die Kontrolle verliert, wer aus der Rolle fällt, wer Krach macht und rebelliert, begeht eine Ausschreitung oder was? Wann wird welche Tat eine Ausschreitung, wo fängt es an mit den Aus-

schreitungen? Als die Rolling Stones in der Stadt waren vor ein paar Monaten, in der Waldbühne, als zwanzigtausend Fans so kreischten und tobten, daß die Stones ihre eigene Musik nicht mehr hörten und nach dem dritten Song in Panik zurückwichen, als zweitausend Jugendliche die Bühne stürmten, Lautsprecheranlagen zertrümmerten, Leuchten, Hydranten, Holzzäune, Eisengeländer, Sitze, die ganze Waldbühne zu Kleinholz machten und der Polizei eine Schlacht lieferten mit Hunderten von Verletzten auf beiden Seiten, das waren Ausschreitungen. Und die Stones sangen fleißig für *Bravo* und *Bild* und Springers Schallplattenfirma und hüpften noch vor der Ankunft im Hotel ins Springer-Hochhaus neben der Mauer zum Fototermin mit Fernblick in das Reich des Bösen, und nach dem Krawall die beste Reklame weltweit und die Frage nach der Jugend von heute auf allen Meinungsseiten. Und nun vier Eier zerschlagen, drei Leichtverletzte, keine Sachbeschädigung, eine Fahne vorübergehend nicht auf der richtigen Höhe, Ausschreitungen.
Geh weiter, schreit aus, ausschreiten, du schreitest aus, er sie es schreitet aus, wir schreiten aus, *I like your face*, das ist auch eine Ausschreitung, Rahel, bitte, schreite noch einmal aus, heute um acht, wir schreiten aus, heut abend um acht, du schreitest aus, wenn du zuschaust bei den Ausschreitungen und nicht einschreitest bei Ausschreitungen, Journalisten schreiten aus, Polizisten schreiten aus, Studenten schreiten aus, Politiker schreiten aus, du schreitest aus oder weichst du aus, schweigend, eingebildet, nein, du schreitest

aus, den eigenen Weg, Kurs Süd, schreitest über Bürgersteigplatten, schreitest mit Rahel, um acht um neun um zehn um elf, schreitest durch Berlin, dein ganzes ausgeschrittenes, ausgeschnittenes, ausgerittenes, *Hi-Hi-Hilfe* schreiendes, krawallsüchtiges Berlin.

Auf der Bundesallee tanzten ihm nur noch zwei Wörter durch den Kopf, Krawall, Rahel, Krawall, Rahel, beide Wörter betonte er auf der zweiten Silbe und paßte den Rhythmus des Sprechens dem Rhythmus des Laufens an, Krawall, Rahel, Krawall, Rahel. Eine Erektion, er lief langsamer, versuchte seine Gedanken fortzulenken von der Frau und brauchte eine Weile, bis das Glied wieder auf halbmast war, alles in Ordnung, alles wie immer, *Berlin bleibt Berlin,* Berlin hat immer recht, Berlin bleibt Persil, für die Zeitungen bleibt Berlin Berlin, warum liegt Berlin nicht am Meer, dann könnte man jetzt auf der Promenade, warum hat Berlin keinen Strom, warum keinen See in der Mitte, was hat Berlin überhaupt, nicht einmal Stürme, meistens fehlt sogar der Wind in der Stadt, wo bleibt der Sturm in der Stadt...

Als an der Ecke Berliner Straße das Firmenschild *Auto-Frühling* auftauchte, fiel ihm wieder das Wort *Feinbremsung* ein. Wenige Schritte noch zur Wohnung, zum Bett, und alles, was Martin jetzt wünschte, war eine Hand von Rahel in der Hand und einen Sonnenaufgang, kühle Helligkeit über den Dächern, scharfe Konturen, den zarten Biß des Frühlings und einen Morgen mit jubelnden Vögeln auf den Ästen.

Friedrich Christian Delius wurde 1943 in Rom geboren, lebt in Berlin. Zuletzt erschienen von ihm bei Rowohlt die Erzählungen «Der Sonntag, an dem ich Weltmeister wurde» (1994) und «Der Spaziergang von Rostock nach Syrakus» (1995).

Friedrich Christian Delius

Der Sonntag, an dem ich Weltmeister wurde

Erzählung
128 Seiten. Pappband und rororo 13910

4. Juli 1954, Endspiel der Fußballweltmeisterschaft zwischen Deutschland und Ungarn. Der elfjährige Pastorensohn aus dem hessischen Dorf Wehrda erlebt die Stunden bis zur mit Hochspannung erwarteten Rundfunkreportage in den Zwängen der Tagesrituale: hämmerndes Glockengeläut, Gottesdienst, Gebet vor dem Essen, Dankesgesang danach. Eingekreist von christlichen Bildern und eingeschüchtert von der Sprachgewalt des Vaters, kann der Junge der Welt nur mit Stottern und stiller Verzweiflung begegnen. Doch für zwei Stunden entrinnt er allem im Rausch der Zimmermannschen Fußballreportage und erlangt eine Ahnung von Freiheit…

«So glänzend komprimiert gab es deutsche Nachkriegszeit weder bei Böll noch Walser noch Enzensberger.» *Abendzeitung München*

«Ungewohnt eindringlich.» *F.A.Z.*

«Die Präzision eines virtuosen Erzählers.» *Rheinischer Merkur*

Rowohlt

Friedrich Christian Delius

Der Spaziergang von Rostock nach Syrakus

Erzählung
160 Seiten. Pappband

Im Sommer 1981 beschließt der Kellner Paul Gompitz aus Rostock, nach Syrakus auf der Insel Sizilien zu reisen. Doch der Weg ist versperrt durch die höchste und ärgerlichste Grenze der Welt. Nach siebenjähriger Vorbereitung gelingt Gompitz der «einfache Grenzdurchbruch». Am Ziel seiner Reise stellt sich nur die Frage: «Wie geht es am besten wieder zurück?»
F. C. Delius erzählt die spannende und komische Geschichte eines kritischen DDR-Bürgers, dessen Liebe zu seinem Land ein wenig größer war als der Haß auf den Staat. Der floh, um bleiben zu können. Und der einmal was von der Welt sehen wollte.

«Delius hat genau recherchiert, er hat sich, ohne sie zu bevormunden, in seine Figur hineinversetzt, hat ihr seine Stimme gegeben. Und er hat eine spannende Geschichte geschrieben, die den Leser in Atem hält.» *Darmstädter Echo*

Rowohlt